Dario Fo/Franca Rame

Ein Tag wie jeder andere

Rotbuch Taschenbuch 1083

Dario Fo/Franca Rame
Ein Tag wie jeder andere

Einakter

Aus dem Italienischen übersetzt
und mit einem Nachwort
von Renate Chotjewitz-Häfner

ROTBUCH Verlag

Originaltitel: Una giornata qualunque
In: Franca Rame/Dario Fo: Coppia aperta, quasi spalancata é altre quattordici commedie: il nono volume del »Teatro« di Fo

Uraufführung 9.10.1986 Teatro Nuovo Milano
Die Übersetzung beruht auf der Buchausgabe »Parti femminili«, Milano 1987, und dem Text einer Video-Kassette vom 24. Oktober 1986

Die Deutsche Bibliothek – CIP-Einheitsaufnahme

Fo, Dario:
Ein Tag wie jeder andere / Dario Fo ; Franca Rame.
[Hrsg. und mit einem Nachw. von Renate Chotjewitz-Häfner]. - Hamburg : Rotbuch-Verlag, 1997
(Rotbuch Taschenbuch)
ISBN 3-88022-903-1

Aufführungsrechte für den deutschsprachigen Raum:
Verlag Autorenagentur, Frankfurt am Main
Umschlaggestaltung: Groothuis+Malsy, Bremen
Druck und Bindung: Wagner GmbH, Nördlingen
ISBN 3-88022-903-1

Inhalt

Ein Tag wie jeder andere

Personen:

1. Einbrecher
2. Einbrecher
Stimmen auf Tonband
gefilmte Personen:
ein Mann
eine Frau
ein Polizist

Einzimmerappartement mit Kochnische und Bettcouch. Film- und Fotoutensilien: Stativ, Softbox, Reflektorschirm, Spot.
Eine Frau hantiert mit einer Videokamera. Sie kontrolliert im Monitor und auf einer großen Leinwand im Hintergrund Probeaufnahmen: Sie wechselt ihren Standort, setzt sich in Pose und beobachtet unzufrieden die Bilder; klatscht in die Hände, woraufhin ein Spot aufleuchtet. Sie verrückt den Reflektorschirm; zieht sich anders an. Dann schiebt sie Weichzeichner und farbige, lichtempfindliche Gelatine in einen Spot. Endlich ist sie einen Moment lang zufrieden.

JULIA: So ist die Beleuchtung okay… jetzt die automatische Kamera einschalten … *(macht es)* komm, komm, komm… *(begibt sich nach links und rechts. Die Kamera, auf einem Dreifuß mit Rollen, folgt ihr)* Auf, auf… *(klatscht in die Hände)* hierher! So ists brav… *(lacht)* sie gehorcht aufs Wort. Sie folgt mir. Das Licht muß aber… *(klatscht)* näher… näher bitte! Oh Gott, die Ringe um die Augen … besser ausleuchten … *(das Telefon klingelt)* ich geh nicht dran, hab keine Zeit! Belästige mich nicht, sags dem Anrufbeantworter! *(geht zu einem überquellenden Kleiderständer)* Was soll ich bloß anziehen ... mal sehn ... das hab ich seit zehn Jahren nicht mehr getragen ... das hier? *(zieht irgendein Kleid an, stellt sich vor die Kamera und kontrolliert sich im Monitor)* Viel zu hell. Und es macht dick ... bin ich dick! Ohgott, bin ich fett geworden. Wenn ich mir vorstelle, er sieht mich so, wie ich aus den Nähten platze, frühmorgens, dann hält er mich für Trude Herr ... Und schickt mir zwei Schachteln Algen zum Abnehmen! *(wechselt wie besessen die Kleider. Dabei kann sie hinter einem Vorhang agieren und sich beim Umziehen von zwei Assistenten helfen lassen)* Hübsch, das dunkelblaue ... nein, damit seh ich aus wie eine Heilige. Oder im Morgenrock? ... Nein, lieber etwas Schlichtes, vielleicht diesen Rock ... *(betrachtet sich)* Karneval in Rio! Fehlt bloß noch ein Bündel Bananen auf dem Kopf, und ich seh aus wie Catarina Valente in all ihrer Verruchtheit. Ach was, lieber ein gedecktes Kleid ... ein Glas Tee an einem Tag in London mit Nebel und Smog. Das ginge ... es verdeckt alles, nichts schaut mehr raus ... und im Profil? In Ordnung. Licht ist okay, Kamera ebenfalls. Ich bin so tütterig ... wie eine schwangere Nonne. Wie fang ich an? *(ahmt Hundekläffen nach)* Ich muß mich entspannen. Hundegebell soll unglaublich entspannen. Auf Null zurückspulen ... *(drückt eine Taste der Videokamera, kläfft kurz)* Aufnahme! *(setzt sich; ist* einen Moment sprachlos) Ach du Scheiße! Ich hab doch soviel zu erzählen, und jetzt: der totale Blackout! Na klar, gewöhnlich stehe ich hinter der

Kamera und nicht davor. Bin ich nervös ... zurück auf Null. *(kläfft)* Schwindlig ist mir auch. *(stellt das Band zurück und fängt wieder an)* Erste Einstellung: Die Hände. Äktschn! *(holt tief Luft und streckt die Hände in Richtung Kamera)* Schau meine Hände an ... erkennst du sie wieder? Da, vor deiner Nase ... groß und unförmig. Wie oft hast du sie gehalten, sie geküßt ... Und dahinter mein Gesicht ... erkennst du mich? Ich bins, deine Frau! *(bricht ab und stellt auf Rücklauf)* Bin ich verrückt? So kann man nicht anfangen! Ein richtiger Horrorfilm ... Die Zombies kommen! Wieso halte ich ihm die Hände vor die Nase, als sei er Pinocchio! Und wie mir die Stimme entgleist ist ... *(schreit)* Ich, deine Frau! Die aus dem Jenseits kommt, um sich zu rächen! Der Ärmste kriegt einen Schlag und ärgert sich tot. Nein, ich brauche einen anderen Hintergrund. *(stellt den Kassettenrecorder an; gedämpfte Barmusik)* Aah, diese Melodie ... das wird mir gegen den Kloß in der Kehle helfen. *(bellt wieder)* Richtig, ich wollte den Brief vorlesen. Wo ist er? *(setzt sich in Pose und spricht über die Musik)* Ciao, ich bins, Julia. Ich muß mit dir reden. Setz dich bequem und hör zu ... du hast recht, es ist sehr ungewöhnlich ... aber ich möchte, daß du mich siehst. Ich lese dir einen Brief vor, den ich geschrieben, aber nicht abgeschickt habe. Der Gedanke an später ... also ich meine jetzt, wenn du mir zuschaust ... der gibt mir Auftrieb, gibt mir eine Kraft ... die brauche ich auch. Wenn du meinen Brief bekommst ... *(die langsame Musik hört auf, Rockmusik beginnt)* Ich meine, diese Videokassette … Entschuldige, mir ist ein Rocksong dazwischengekommen. Das macht mich ganz nervös, du weißt ja, von Rockmusik krieg ich Dünnschiß. Also hör zu. *(stellt die Musik ab)* Dank der Telekommunikation … *(das Telefon klingelt)* Ausgerechnet! Ach so, ich hab den Anrufbeantworter angestellt. Bestimmt fragst du: was soll das, Julia? Wetten, du weißt nicht, was morgen für ein Datum ist! Unser Jahrestag! Ja, mein Lieber, morgen ist es genau ein Jahr her, daß wir uns getrennt haben. In dem Jahr habe ich oft an dich gedacht, unheimlich oft, dann weniger oft, immer weniger, und inzwischen denke ich praktisch gar nicht mehr an dich. Ich mag dich zwar noch, so … so wie einen Verwandten, einen von der Familie, einen netten, sehr sympathischen Cousin, den man ab und zu gern einmal trifft, bei Familienfesten, Begräbnissen, Hochzeiten, Kindstaufen. Und deshalb wende ich mich an dich, obgleich wir uns vor einem Jahr getrennt haben, nachdem wir fünfunddreißig Jahre zusammen waren … *(unterbricht sich)* Entschuldige, ich kann mich nicht konzentrieren … ich muß wissen, wer angerufen hat. Eine Sekunde, bin gleich wieder da. *(stellt die Kamera ab, löscht mit einem Klatschen die Scheinwerfer, geht zum Anrufbeantworter, drückt den Rücklauf und horcht)*

FRAUENSTIMME: Entschuldigen Sie, Frau Doktor, daß ich um diese Zeit störe. Ich bin Johanna Alfini, erinnern Sie sich? Die mit der Brandwunde am Gesäß, wegen dem Backstein. Ich muß Sie unbedingt sprechen, aber nicht deshalb. Wenn Sie wüßten, wie fertig ich bin! Hoffentlich sind Sie bald wieder zurück. Bitte hinterlassen Sie eine Nachricht, wo ich Sie finden kann, falls Sie fortgehen ... ich bin völlig verzweifelt! Ich versuche es bald wieder.

JULIA: Die Arme, sie hält mich für ihre Therapeutin. Eine Brandwunde hat sie am Hintern und ist völlig fertig? Das glaube ich gern. Komische Therapeutin, die ihren Patienten den Hintern verbrüht ... *(klatscht in die Hände und richtet die Beleuchtung ein, stellt das Aufnahmegerät an und kommt wieder vor die Kamera)* Entschuldige, aber etwas ganz Absurdes ist passiert. Stell dir vor, eine Frau hat sich verwählt, sie hielt mich für ihren Psychiater und bat mich um Hilfe ... ausgerechnet mich, die völlig durchgedreht ist! Doch, glaub mir, ich bin verrückt, allen Ernstes, und dabei ganz klar im Kopf. Du glaubst mir nicht? Wenn du wüßtest, wie oft ich, in der ersten Zeit nach unserer Trennung, mitten in der Nacht aufgestanden bin, mich wusch, parfümierte und anzog und wild entschlossen zu dir gehen wollte ... und dich umbringen. Reg dich nicht auf, Lieber ... ich hab mir sogar eine Pistole gekauft, inklusive Formalitäten und Waffenschein. Wenn du zum Bahnhof gehst, um deine neue Frau abzuholen, wollte ich hinter dir herschleichen, mich verstecken, und in dem Augenblick, wenn der Zug einläuft, wollte ich dir einen Tritt in den Arsch geben, damit du auf die Gleise fällst und überfahren wirst. Zerschmettert. Das war ganz zu Anfang ... später habe ich mich beruhigt. Eine Energie hat mich das gekostet ... meine ganze Existenz umzukrempeln ... du glaubst es nicht. Wenn man fünfunddreißig Jahre mit jemand zusammen war, sich gekümmert hat, und plötzlich allein ist... es war wahnsinnig schwierig. Aber dann habe ich es gepackt, beziehungsweise, ich habe mir vorgenommen, mir einzubilden, ich hätte es geschafft. Paranoia, sagst du? Mag sein. Es geht mir ganz gut, nur... mich interessiert nichts mehr. Alles ist mir egal. Sogar mein Beruf, die Werbebranche... wo ich früher so aktiv war. Warum soll ich mir noch Tricks ausdenken, um Produkte unter die Leute zu bringen, die total überflüssig sind? Ich fühle mich nie wohl, egal, ob ich allein bin oder in Gesellschaft... Seit einiger Zeit frage ich mich: wozu bin ich überhaupt auf der Welt? Ich könnte auch zitieren, damit du was zu lachen hast: Sein oder nicht sein, das ist die Frage. Aber ich tue es nicht. Natürlich, ich würde liebend gern mit dir reden... schließlich war ich ein ganzes Leben mit dir zusammen... hätte ich doch die Möglichkeit, dir von meinen existentiellen Problemen zu erzählen! Man braucht Geduld, wenn man auf dieser Welt lebt, man muß sich anpassen, muß das Spiel mitmachen... sonst gehört man nicht dazu. Aber diese Art Spiel interessiert mich nicht mehr... Es ist gemein und gefühllos... ich finde es so banal und gewalttätig... in maximal zwanzig Minuten entscheidet sich alles, wie in einer Fernsehserie. Ich hatte mir ein wunderschönes Programm ausgedacht... einen Haufen Träume... Utopien. Da hab ich mich reingestürzt, einen Kopfsprung ins Becken gemacht. Aber man hat mir einen Streich gespielt... sie haben mir das Wasser abgelassen.

Und die Leute um mich herum, die Zuschauer, haben gelacht: Die glaubt noch an Märchen! An Solidarität, an die Möglichkeit, die Welt zurechtzubiegen! Julia, sieh doch mal die Realität! Sei realistisch! Diese Realität, die ekelt mich an. Ich will sie nicht mehr. Ich passe mich nicht an. Alles ist kaputt ... mein Zentralrechner ist in die Luft geflogen. Ja, ich laufe rum, ich bin lustig, lache sogar ... das ist aber nur Beharrungsvermögen, ist eine Täuschung. Ich fühle mich wie tot ... ich muß nur noch letzte Hand anlegen, den Schlüssel abziehen, auf den Knopf drücken ... Reg dich ab, wenn du die Kassette hast, ist schon alles vorbei. *(das Telefon klingelt)* Entschuldige, Moment mal, ich habe den Anrufbeantworter ausgestöpselt. *(geht zum Telefon)* Hallo?

FRAUENSTIMME: Guten Abend, Frau Doktor, endlich erreiche ich Sie ...

JULIA: Ohjeh. Warten Sie, ich stelle Beleuchtung und Kamera ab ... *(macht es)*

FRAUENSTIMME: Was sagen Sie?

JULIA: Sie haben sich verwählt.

FRAUENSTIMME: Wieso, was habe ich gewählt? Mal sehen ... ist das nicht 58 00 74?

JULIA: Ganz recht.

FRAUENSTIMME: Also doch nicht falsch gewählt!

JULIA: Die Nummer stimmt, aber ich bin nicht die Person, die Sie suchen ... Woher haben Sie die Nummer?

FRAUENSTIMME: Aus dieser Zeitschrift, wie heißt sie gleich ... »Gesundheit«. Da ist ein langer Artikel über Sie drin, auf Seite 38 ...

JULIA: Über wen?

FRAUENSTIMME: Sie! »...die berühmte Psychotherapeutin, die sich mehrere Jahre in Japan fortgebildet hat...«

JULIA: Ich war noch nie in Japan.

FRAUENSTIMME: Tatsächlich? Nun ja, Journalisten übertreiben immer. Wichtig ist doch nur, daß die Methode stimmt und daß sie wirkt, finden Sie nicht?

JULIA: Welche Methode?

FRAUENSTIMME: Ihre! Die hier beschrieben wird ... »psychische Atempädagogik mit individueller Urschreiemission ... «

JULIA: Was passiert dann?

FRAUENSTIMME: Man erweitert seinen Stimmumfang. In Indonesien dient die Methode, wie hier steht, den Schamanen zur spirituellen Erhebung. Sie erreichen den Schwebezustand ... das stimmt doch?

JULIA: Ich weiß nicht. Warum wollen Sie überhaupt schweben, beziehungsweise sich erheben ... sind Sie ein Kuchen?

FRAUENSTIMME: Schweben? Um Himmels willen, das fehlt noch. Mein Mann erträgt mich kaum zu ebener Erde ... Durch die Wohnung schweben und mir dabei den Kopf an der Decke stoßen ... unvorstellbar! Er holt mich mit einem gezielten Schuß runter! Nein, genau wie Sie in dem Artikel schreiben, ich will lediglich die Neurose, die ich mit mir rumschleppe, loswerden ...

JULIA: *(kramt in einem Zeitschriftenständer)* »Gesundheit«? Da habe ich ein Abo. In der neuen

Nummer, sagen Sie? Moment, wo steckt sie ... Seite 38?

FRAUENSTIMME: Und auf derselben Seite, aber ganz unten, da steht Ihre Nummer.

JULIA: Tatsache ... Das ist ein Witz. Da muß ein Mißverständnis vorliegen.

FRAUENSTIMME: Sicher, es ist nicht korrekt, eine Privatnummer auszuposaunen. Aber für mich wars ein Glück, ich brauche nämlich Ihren Rat, Frau Doktor. Was meinen Sie, soll ich den Froschtest abwarten? Weil ich zum Kaninchentest kein Vertrauen habe ... eventuell bin ich schwanger ...

JULIA: Ich bin wie gesagt nicht die Ärztin, die Sie suchen, und von Fröschen und Kaninchen verstehe ich gar nichts.

FRAUENSTIMME: Das glaube ich gern. Sie sind ja nicht Hebamme, sondern Therapeutin. Ich möchte nur eines wissen, ist die Übung mit dem Backstein schädlich, falls der Frosch orakelt: Ja, du bist schwanger.

JULIA: Verehrteste, ich bitte Sie, abgesehen davon, daß Sie mich in einer sehr schwierigen Situation belästigen, glauben Sie mir: egal, was der Frosch oder das Karnickel sagen, ich kann Ihnen keinen Froschlag ... keinen Vorschlag machen ... ich bin keine Ärztin!

FRAUENSTIMME: Ach, Sie machen wild Therapie? Macht nichts. Wissen Sie, ich hab mir auch die Zähne von einem phantastischen Zahntechniker machen lassen – ohne Zulassung! Und nur die Hälfte bezahlt!

JULIA: Ich bin auch keine Zahnärztin ... ich arbeite in der Werbebranche.

FRAUENSTIMME: Pharmakawerbung?

JULIA: Nein! Tourismus, Reisen, Videotape, Werbung!

FRAUENSTIMME: Was suchen Sie dann in der Wohnung einer Ärztin oder Therapeutin? Sind Sie mit ihr verwandt?

JULIA: Wieso verwandt, die Wohnung gehört mir!

FRAUENSTIMME: Jetzt verstehe ich. Die Therapeutin wohnt also bei Ihnen ... bitte verbinden Sie mich.

JULIA: *(außer sich)* Nein, ich verbinde Sie nicht, es geht nicht!

FRAUENSTIMME: Das ist ja reizend ... und warum nicht?

JULIA: Weil sie nicht da ist, sie ist weg ... von wegen Frösche!

FRAUENSTIMME: Frösche?

JULIA: *(wie oben)* Ja, wegen japanischer Frösche ... sie bringt sie zum Schweben, wie Schamanen ... schiebt sie zuerst in den Backofen, und zwar bestäubt mit dem Knochenmehl von Kaninchen. Und sowie sie gegangen sind, füttert sie unter Hypertonie leidende Frauen damit, die ihre Verspannungen mittels einer Schwangerschaft verringern ...

FRAUENSTIMME: Schwangerschaft?

JULIA: Schwanger von einem Zahntechniker ohne Zulassung ... alles klar?

FRAUENSTIMME: *(in Panik)* Nein, aber wahrscheinlich habe ich mich verwählt. Tschuldigung. *(beide legen den Hörer auf)*

JULIA: Puuh! Die macht einen ja wahnsinnig. Wie idiotisch, meine Nummer in diesem Blatt ... *(greift nach der Zeitschrift und liest)* Daß die Leute immer noch auf diesen Unsinn reinfallen! *(liest laut)* »Leg dich mit dem Rücken auf einen Tisch, schiebe einen heißen Backstein unter das Gesäß, öffne die Knie weit bei geschlossenen Fersen und laß deinen Kopf über den Tischrand hängen. Nun tief einatmen und auf die Vokale AUOIEUO singen, Tonleiter aufwärts von G bis D und wieder abwärts bis zum C...« Der reine Wahnsinn! *(macht eine Koloratur nach)* AUOOEUOOOIAUU! Die gehört in den Knast, nein, an die Wand gestellt, die blöde Kuh! *(singt wieder. Stellt das Video an, geht wieder vor die Kamera, klatscht in die Hände, das Licht geht an)* Tschuldige, mir ist ein Anruf dazwischen gekommen ... ein hoffnungsloser Abend. Ich hatte dir eben gesagt, ich will Schluß machen. Sicher fragst du dich, warum ich dir das sage; und nimmst mir die Gründe nicht ab, die ich vorhin nannte. Vielleicht denkst du, ich wollte mich an dir rächen ... denn du hast dir ja große Mühe gegeben, mich fertigzumachen, bis ich so verzweifelt und kaputt war, wie ich jetzt bin ... und glaubst, ich wollte dir allein die Verantwortung für meine ausweglose Tat aufladen. Nein, bleib ganz ruhig. Ich führe dieses letzte Gespräch mit dir in der Absicht, alle möglichen Ungereimtheiten, Mutmaßungen und Mißverständnisse auszuräumen ... vor allem deine Einbildung, du seist der Grund für meinen Selbstmord. Nein, dies Privileg sollst du nicht haben. Das könnte dir so passen! Wenn man bedenkt, wie faszinierend ein Mann wirkt, dessen Frau sich aus Liebe zu ihm umgebracht hat. Wer könnte ihm widerstehen? Ich, als bewußtlose Andromeda, Dir, Perseus, zu Füßen liegend ... und du hast Chancen, wie nie zuvor! Das ist doch der, dessen Ehefrau sich ... Niemals! Ich werde nicht den Sockel für deine Abenteuer bauen. Setz dir den Lorbeerkranz ab, Perseus ... *(unterbricht sich)* Verdammt, ich hab mir alles versaut ...

Sie klatscht in die Hände, es wird dunkler, stellt die Kamera ab und den Videorecorder an. Julia erscheint auf der Leinwand im Hintergrund und wiederholt die eben gespielte Sequenz.

Der Anfang geht ... später hab ich geschlampt. »Du bist Perseus!« *(legt sich auf die Couch)* Meine Nerven! Ganz ruhig, ein bißchen verschnaufen. Schließlich mache ich keinen Werbefilm! Sondern den letzten Film, meinen Schlußfilm. Ein Dokumentarfilm. Fürs Familienarchiv. Ich seh schon meine Leute bei ihren Familienfesten, Weihnachten oder Silvester ... und höre sie reden: »Wollen wir nicht die Videokassette von Julia laufen lassen, die, bevor sie sich umbringt, das macht Laune!« Ruhig, ich habe eine ganze Nacht Zeit ... *(steht auf)* Wie wär es mit essen ... mein letztes Abendmahl. Mutterseelenallein, nicht einmal Judas leistet mir Gesellschaft. Ich hätte nie gedacht, daß ich einmal so gelassen Teller abwaschen würde. Ich habe hin und her überlegt: wie werde ich mich am Donnerstag fühlen, dem Tag, an dem ich mich umbringe? Ich fühle nichts. »Das ist die Katharsis der Rückkehr in den feuchten Schoß...«, sagte Seneca, als er im Bad verblutete ... Übrigens habe ich oft von Leuten gehört oder gelesen, bei denen niemand auch nur vermutet hätte, sie würden sich umbringen. Ich kannte einen, der war eine Viertelstunde vorher noch quietschfidel, und dann: erhängt. Alles ganz gelassen und unauffällig: an einem Tag wie jeder andere. Das ist der richtige Ausdruck: Ein Tag wie jeder andere. Ich werde wie immer meinen Diätplan einhalten... heute ist Donnerstag, was gibt es zum Abendessen? *(blättert in einer Broschüre)* Huhn. Ein ganzes gekochtes Huhn. Eine Orgie! Karotten nach Belieben ... Wie spät? Fein, ich kann noch meine Lieblingsserie sehen.

Julia stellt den Fernseher an; eine Fernsehserie läuft. Sie holt ein Huhn aus dem Eisschrank, legt es leicht angeekelt auf den Tisch. Sie sieht den Film, putzt dabei Gemüse und setzt den Topf auf. Danach deckt sie akkurat den Tisch. Während der spannenden Schlußszene legt sie sich auf die Couch.

TV-MANN: Hier ist ein Foto. Was sagst du dazu?

TV-FRAU: Das ist ja mein Mann! Was für ein Flittchen umarmt er da?

TV-MANN: Flittchen? Sie ist die Tochter von seinem besten Freund, also von seinem Sozius!

TV-FRAU: Wer. Tom?

TV-MANN: Genau. Wenn Tom dahinterkommt, daß seine Tochter sich jeden Nachmittag mit seinem Busenfreund im Bett rumtreibt – wetten, er reißt ihn in Stücke?

TV-FRAU: Wie bist du an das Foto gekommen?

TV-MANN: Hat ein Typ von der Agentur Argus geschossen.

TV-FRAU: Ein Detektiv? Sag bloß. Hast du einen von diesen Brutalos auf meinen Mann gehetzt?

TV-MANN: Blödsinn. Ursprünglich war der Spitzel auf Toms Tochter angesetzt. Ich war selber überrascht, plötzlich auf deinen Ehemann zu stoßen.

TV-FRAU: Der Scheißkerl! Aber sag, wie bist du auf die Idee gekommen, diese Elsa beschatten zu lassen?

TV-MANN: Habe ich dir doch erzählt: vor unserer Lovestory hab ich ein Verhältnis mit einem Mädchen gehabt ... das Mädchen war Elsa! Ab einem bestimmten Zeitpunkt kam mir dann der Verdacht, sie würde es noch mit einem anderen Mann treiben. Und siehe da, der andere war dein Ehemann.

TV-FRAU: Antony, der gemeine Kerl! Zu komisch, daß ausgerechnet er dir dieses Luxusgeschöpf ausgespannt haben soll!

TV-MANN: Ob du es komisch findest, wenn ich dir sage, diese Liebschaft mit Elsa war eine falsche Fährte?!

TV-FRAU: Ein falsche Fährte, wieso?

TV-MANN: Der Detektiv hat auch den Sozius von deinem Mann beschattet und herausgefunden, daß Tom und dein Antony sich auch lieben!

TV-FRAU: Oh nein! Ich bring mich um! *(lacht plötzlich)* Ha! Glaubst du im Ernst, ich würde mich umbringen? Da muß ich dich enttäuschen ... ha, ich wußte bereits alles!

TV-MANN: Lach nur weiter! Tom hat AIDS!

TV-FRAU: Gelogen! Du lügst! So eine Schweinerei!

TV-MANN: Die größte Schweinerei war aber, die zwei bis zum Test ins Krankenhaus zu verfolgen ... jedoch, die Mühe hat sich gelohnt, weil ich entdeckt habe, dein Mann hat ebenfalls AIDS.

TV-FRAU: Auch das war mir bekannt, schließlich war ich es, die es ihm angehängt hat!

TV-MANN: Was?

TV-FRAU: Doch, ich habe AIDS, mein lieber John ... und dich habe ich auch noch infiziert!

TV-MANN: Bist du sicher? Ich meine, hast du mich wirklich angesteckt?

TV-FRAU: Schau mal in den Spiegel ... deine Haut ist so gefleckt, man könnte dich glatt für eine halslose Giraffe halten!

TV-MANN: Stimmt ... und ich hatte gehofft, es sei eine harmlose Lepra. Warum sieht man denn bei dir keine Flecken?

TV-FRAU: Weil ich nur Virusträgerin bin.

TV-MANN: Aber Tom und Antony?!

TV-FRAU: Ebenfalls ... einzig und allein du bist AIDS-krank, John! Leb wohl!

TV-MANN: Halt, ich liebe dich doch ... verlaß mich nicht ... ich liebe dich!

TV-FRAU: Ich dich auch, John ... aber nicht ich verlasse dich, sondern du bist es, der uns verläßt!

TV-MANN: Ich soll euch verlassen?

TV-FRAU: Ja, du verläßt mich, verläßt diese Welt ... du mußt sterben, John ... leb wohl ...

Julia schaltet den Fernseher aus und stellt den Kassettenrecorder an. Gefühlvolle Musik setzt ein. Sie greift zerstreut eine Flasche vom Barwa-

gen. Sofort ertönt Sirenengeheul, auf dem Eisschrank leuchtet ein gelbblaues Warnlicht auf – wie bei Streifenwagen – und eine Stentorstimme spricht:

ANSAGE: Bei Hausfrauen führt die soziale Isolation bekanntlich oft zu Alkoholmißbrauch.

JULIA: *(stellt Glas und Flasche wütend hin, unterbricht Stimme und Warnlicht)* Aufhören! Erst stell ich mir Fallen, dann vergesse ich sie und fall selber drauf rein! Ein Gläschen voll kann nicht schaden …

Die Ansage läuft weiter, mit Zahl der Alkokolkranken, gesundheitlichen Folgen von Alkoholmißbrauch usw.

Sag lieber was über die Frauen, die vor Einsamkeit an ihren Depressionen sterben!

ANSAGE: Bei Hausfrauen führt die soziale Isolation bekanntlich oft zu Alkoholmißbrauch …

JULIA: Na und? Ich weiß, Alkohol schädigt die Leber, sie schwillt, man bekommt Leberzirrhose, auch der Bauch schwillt und wird immer dicker, bis er eines Tages platzt … PENG! Und dann beschweren sich die Nachbarn. Mal sehn, was jetzt läuft …

Sie stellt den Fernseher an. Ein Krimi: Schießereien, fliegende Autos, Explosionen. Das Telefon klingelt. Julia nimmt mechanisch den Hörer ab. Im gleichen Moment hebt ein Polizist auf dem Bildschirm ebenfalls den Hörer ab. Sie bemerkt ihren Irrtum nicht.

Hallo, wer ist da?

TV-POLIZIST: Was kann ich für Sie tun?

JULIA: Wieso, Sie haben bei mir angerufen, und nicht umgekehrt!

TV-POLIZIST: Ganz ruhig, nur nicht aufregen.

JULIA: Ich bin nicht aufgeregt! Also, was wollen Sie?

TV-POLIZIST: Immer der Reihe nach. Wann ist es passiert?

JULIA: Welche Reihe, was schwafeln Sie da? Seid ihr denn heute allesamt durchgedreht?

TV-POLIZIST: Hör zu. Wenn du dir einbildest, wir drehen auf dem Revier Däumchen und warten bloß darauf, bis so eine Hure wie du anruft und uns verarscht ... gleich komm ich rüber und sag dir Bescheid!

JULIA: Was erlauben Sie sich! *(bemerkt ihren Irrtum)* Ich spinne komplett ... jetzt unterhalte ich mich schon mit der Glotze! *(legt den Hörer auf)*

TV-POLIZIST: Hallo? Hallo! Alte Nutte – weg ist sie!

Julia hat sich auf die Couch gelegt. Sie klappt mechanisch ein Kästchen auf, nimmt eine Zigarette und greift nach einem schweren Feuerzeug. Ein Triller ertönt. Die Plakate an den Wänden drehen sich blitzartig; man sieht eine Serie mit Anti-Raucher-Slogans: Rauchen macht einsam; Ein Raucher mit grünem Gesicht, den eine riesige Zigarette erwürgt; ein wollüstig rauchendes Gerippe; Deine Bronchien sind ein stinkender Schwamm voller Teer; Rauchen erzeugt Krebs; Rauchen schwächt die Potenz, verlangsamt die Reflexe, vernebelt das Gehirn.

JULIA: Schluß! Ich rauche nie wieder.

Sie drückt die angezündete Zigarette aus, stellt

das Feuerzeug wieder auf den Tisch. Alles ist in der früheren Anordnung. Gleichzeitig auf dem Bildschirm: Gewaltszenen, Prügeleien, kurze Verhöre. Das Telefon klingelt. Julia will abheben, unterbricht sich aber.

Darauf fall ich nicht noch einmal rein. *(das Telefon klingelt weiter)*

TV-POLIZIST: Entschließt sich endlich wer und hebt ab? *(zeigt direkt auf Julia)* Hey, pennst du? Mit dir rede ich!

JULIA: *(verblüfft)* Ach, war das bei mir? Tut mir leid. *(nimmt ab)* Ja?

FRAUENSTIMME: Guten Abend, Frau Doktor, wie gehts? Bitte entschuldigen Sie, wenn ich ...

JULIA: Ach, sind wir wieder bei der Frau Doktor?

FRAUENSTIMME: Haben Sie meine Nachricht auf dem Anrufbeantworter gehört?

JULIA: Jaja, ich muß allerdings sagen ...

FRAUENSTIMME: Recht haben Sie. Aber ich schwöre, ich habe es ausprobiert, was zum Ergebnis hatte, daß ich mir mit dem kochendheißen Stein den Hintern versengt habe ...

JULIA: Hören Sie gut zu. Den heißen Stein vergessen wir ...

FRAUENSTIMME: Kommt nicht in Frage! Er hat am ersten Tag sehr gut gewirkt, bloß anschließend ... mein Problem ist, ich bin unmusikalisch, und deshalb klappt die Singerei nicht ... besonders die Tonleiter rückwärts. Hören Sie? *(singt)*

JULIA: *(versucht zu unterbrechen)* Heh, Schluß damit!

FRAUENSTIMME: Hören Sie, wie falsch ich singe?

Deshalb hilft die Methode nicht. Vielleicht könnte ich ja pfeifen? Das klappt besser ... *(pfeift)*

JULIA: Sie sind sofort still und hören zu, sonst lege ich auf.

FRAUENSTIMME: Das dürfen Sie mir nicht antun! Bitte, reden Sie.

JULIA: Das Ganze ist ein Mißverständnis. Sie sind nicht mit einer Therapeutin verbunden.

FRAUENSTIMME: Aber die Nummer ...

JULIA: Die Nummer ist einerseits richtig, andererseits ist sie falsch, denn ich bin nicht die richtige, sondern eine andere!

FRAUENSTIMME: Eine andere? Leiden Sie auch an einem Identitätskonflikt? *(lacht)* Wie köstlich! Ich habe Ihre Stimme einwandfrei wiedererkannt! Sie sind die Frau von vorhin!

JULIA: Das ist möglich. Bei der mit dem schwangeren Frosch gab es das gleiche Mißverständnis.

FRAUENSTIMME: Wieso das denn? Wollen Sie mich auf den Arm nehmen, Frau Doktor? Gut, Sie sind sauer, weil ich Sie mit meinen Problemen genervt habe, und um mich loszuwerden, verstellen Sie sich ... Aber müssen Sie sich gleich aufführen wie eine Irre, mit einem schwangeren Frosch? Nein, Sie müssen mir zuhören ... es geht mir unheimlich dreckig.

JULIA: Sie gehen mir auf die Nerven! *(will auflegen)*

FRAUENSTIMME: Wenn Sie es wagen, den Hörer hinzuknallen, dann gnade Ihnen Gott. Ich werde Ihre Wohnung kurz und klein schlagen!

JULIA: *(zu sich)* Kann Sie mich sehen? *(ins Telefon)* Sie machen mir keine Angst. Und abgesehen davon: wie wollen Sie überhaupt meine Adresse herauskriegen? In der Zeitung steht bloß die Telefonnummer!

FRAUENSTIMME: Ich habe mich bei der Auskunft erkundigt, und ein Freund von mir, der an der Datenzentrale sitzt, hat mir Ihre Adresse verraten: Corso di Porta Vigentina 138, Wohnung A, Vierter Stock, zweite Tür rechts.

JULIA: Das hat mir noch gefehlt!

FRAUENSTIMME: Ich warne Sie ... Falls Sie mich jetzt samt meiner Krise sitzenlassen ... dann bin ich in zehn Minuten drüben, lege Ihre Wohnung in Schutt und Asche, und anschließend werden Sie abgeknallt – ein Freund hat mir eine Pistole gegeben!

JULIA: Kommen Sie doch, mitsamt Ihrer Pistole, ich fürchte mich nicht. Ich hab nämlich auch eine hier, dann spielen wir zwei Wildwest, das gnadenlose Duell am O. K. Corall. Ja, Sie tun mir sogar einen Gefallen, falls Sie mich treffen!

FRAUENSTIMME: Oho! Sie sind hart im Nehmen. Aber eins müssen Sie zugeben: es ist nicht fair, solche Artikel zu veröffentlichen, einer armen, verzweifelten Frau wie mir Hoffnung zu machen ... und dann beim ersten Anruf die Nerven verlieren!

JULIA: *(zu sich)* Nicht zu fassen ... nicht einmal in Ruhe krepieren kann man.

TV-POLIZIST: Schaff dir diese hysterische Nervensäge vom Hals ... kapier doch, die Hure ist total schizo.

JULIA: *(am Telefon)* Also meinetwegen ... erzählen Sie, was kann ich für Sie tun? *(hat mit der Fern-*

bedienung gespielt und den Ton lauter gestellt. Nun stellt sie hastig den Fernseher aus)

FRAUENSTIMME: Wer ist hier eine hysterische Nervensäge? Richten Sie Ihrem Mann von mir aus ...

JULIA: Das war nicht mein Mann, sondern der Polizist im Fernseher.

FRAUENSTIMME: Ein Polizist vom Fernsehen? In Ihrem Haus?

JULIA: Nicht persönlich ... auf dem Bildschirm. Er mischt sich in mein Privatleben ein ...

FRAUENSTIMME: Das ist die Höhe! Woher weiß dieser Polizist, daß ich auf den Strich gehe?

JULIA: Auf den Strich?

FRAUENSTIMME: Liebe Frau Doktor, ich schaffe an, arbeite im Puff ... hab ich Ihnen doch neulich in der Sprechstunde erzählt ... und daß ich einen Dachschaden habe, das wissen nur Sie und Ihr Mann ... Richten Sie ihm aus, er soll gefälligst sein Maul halten, sonst muß auch er dran glauben ...

JULIA: Bravo! Und wer soll dann mein Video kriegen? Nein, meine Liebe, meinem Mann, dem wird kein Haar gekrümmt, der soll am Leben bleiben und an seinen Schuldgefühlen ersticken!

FRAUENSTIMME: Hallo? Hallo! Das letzte habe ich nicht verstanden.

JULIA: Egal. Also erzählen Sie. Was kann ich für Sie tun?

FRAUENSTIMME: Ich habe Ihre Anweisung genau befolgt, aber nichts ist dabei herausgekommen, abgesehen von der Brandwunde am Hintern ... ansonsten geht es mir schlechter als vorher, ich hatte sogar eine berufliche Krise ... schrecklich! Am

Ende muß ich noch, wegen Körperverletzung, in den Knast.

JULIA: Was haben Sie verbrochen?

FRAUENSTIMME: Wie gesagt, ich war im Dienst, wollte einen Kunden anwärmen ...

JULIA: Bitte?

FRAUENSTIMME: Ich praktizierte gerade ... wie sagt man? Ich habe ihm einen geblasen, wissen Sie, wo dieser schwule Heini, der Reagan, drüben in den Staaten gegen wettert.

JULIA: Verstehe. Was ist passiert?

FRAUENSTIMME: Ich hab einen Wutanfall bekommen und zugebissen!

JULIA: Was?!

FRAUENSTIMME: Krack! Zugeschnappt, wie ein Bluthund. Ich lasse nicht locker, er schreit wie ein Kastrat und schlägt mir auf den Schädel ... das war sein Fehler! Wie ein Schlag mit dem Hammer auf einen Nußknacker: KRACK! Wissen Sie, wie das wirkt? Es flog weg!

JULIA: Was, der Penis?

FRAUENSTIMME: Iwo, nur ein Ei. Ich hab es sofort aufgesammelt, es war unter den Schrank gerollt, in eine Plastiktüte mit Eis gesteckt und bin blitzschnell damit zur Ambulanz gefahren ... in Transplantationen ist die Poliklinik Spitze! Alles, was fehlt, nähen sie wieder an!

JULIA: Sie zaubern!

FRAUENSTIMME: Ich muß gestehen, er war so nett, mich nicht anzuzeigen. Dem Polizisten hat er erzählt, ein Affe im Zoo hätte beim Füttern nach ihm gegrapscht ...

JULIA: Der undankbare Affe …

FRAUENSTIMME: Aber verstehen Sie, in meinem Beruf kann ich mir Krisen dieser Art nicht leisten. Wenn das öfter passiert und sich rumspricht, dann bleiben die Kunden weg. Was raten Sie mir?

JULIA: Ich würde mir zuerst einen Gummischutz für die Zähne besorgen, wie sie die Boxer benutzen, um Kinnhaken abzufangen. Außerdem müssen Sie sofort mit den Übungen aufhören …

FRAUENSTIMME: Keine Tonleitern mehr?

JULIA: Nie wieder. Halten Sie in Zukunft den Mund fest geschlossen, atmen Sie dabei tief durch die Nase.

FRAUENSTIMME: Das wars?

JULIA: Noch etwas … *(zu sich)* Warum ich vor Toresschluß noch die Telefonseelsorgerin … vielmehr Lebens, nein, Genitalretterin spielen muß? *(am Telefon)* Aber Sie müssen auf mich hören!

FRAUENSTIMME: Das verspreche ich.

JULIA: Morgen früh gehn Sie zum Bahnhof und nehmen den ersten Zug Richtung Heimat. Sie stammen doch aus Brianza?

FRAUENSTIMME: Nein, aus Valtellina …

JULIA: Bestens … lebt da Ihre Mutter?

FRAUENSTIMME: Ach, die arme alte Frau …

JULIA: Also gut. Fahren Sie zurück zu Ihrer Mama – und Sie werden gesund. Gehen Sie an die frische Luft, arbeiten Sie auf dem Feld, am besten mit Hacke und Spaten … aber immer den Mund geschlossen halten, und nicht überanstrengen! Sie werden sehen … ein paar Monate, und Sie fühlen sich wie neu geboren!

FRAUENSTIMME: Sind Sie sicher?

JULIA: Und ob! Habe ich selber ausprobiert. Sie sollten mich sehen ... ich sprühe vor Lebensfreude!

FRAUENSTIMME: Danke! Sie sind ein Engel. Nach Hause! Jaa, zurück zu Mamma! Ich fühl mich gleich viel besser, ich altes Rindvieh!

Die Frau und Julia legen auf.

JULIA: Rindvieh hat sie gesagt? Uff ... Verrückte behandeln ist wirklich ein verrückter Beruf ... und außerdem riskant. Wenn ich mir vorstelle, um ein Haar wär die hier erschienen, hätte rumgeballert und meine Wohnung in Schutt und Asche gelegt ... aus wärs gewesen mit der Lust zu sterben. *(zündet gedankenversunken eine Zigarette an. Sofort drehen sich die Plakate an den Wänden; die Sirene geht los, die Warnleuchte blinkt)* Was ein Ärger! Ich bin nervös, ich muß rauchen! Auf den Schreck hin darf ich mir wohl eine Zigarette gönnen, oder? Hört auf!

Julia wirft das Feuerzeug gegen die Wand. Man hört Geschrei aus der Nachbarwohnung.

STIMME EINER FRAU: Du Sauhund ...

JULIA: Meine Wand spricht!

STIMME EINER FRAU: Bloß weil ich mich nicht wehren kann, suchst du Streit!

JULIA: Sieh da. Meine Nachbarn!

MÄNNERSTIMME: Du hast angefangen. Alte Schlampe!

STIMME EINER FRAU: So? Und was ist mit dem Flittchen? Warte, ich bring dich um! *(ein Gegenstand wird geworfen; dumpfer Schlag)*

JULIA: Erst streiten sie sich, und am Ende schlafen sie miteinander.

MÄNNERSTIMME: Bist du übergeschnappt? Mein

Kopf! Leg das Ding weg! Mein Gott, das ist aus Bronze!

STIMME EINER FRAU: Ich schlag dir den Schädel ein, du Idiot!

MÄNNERSTIMME: Hör auf! Ich schwöre, ich hab nichts mit ihr!

STIMME EINER FRAU: Massimo, nicht! *(klatschende Ohrfeige)* Bist du wahnsinnig?! *(die Stimmen werden leiser)*

JULIA: Ha, der Massimo, dieser Feigling, er hat sie geohrfeigt! *(geht zur Wand und ruft)* Lauter! Ich habe ein Recht darauf zu wissen, wie es weitergeht! Zum Glück gibt es hier elektronische Ohren, Körperschallmikrophone ... Elektronik ist meine Leidenschaft. *(bringt zwei Körperschallmikrophone an der Wand an, die sie mit dem Verstärker – Radio – verbindet; jetzt hört man die Stimmen von nebenan überdeutlich)*

STIMME EINER FRAU: Du hast recht, Massimo ... aber ich kann nicht zusehen, wenn du mit einer anderen rummachst ... bei der Vorstellung, du könntest mit ihr das gleiche wie mit mir machen, das gleiche sagen ... da verliere ich die Beherrschung, meine Beine zittern ...

MÄNNERSTIMME: Du spinnst! Das bildest du dir ein! Im Vergleich zu dir hat sie Dackelbeine ... allein dieser Hängearsch! Wenn man euch beide nebeneinander sieht, dann könnte man meinen, dein Hintern fängt unter den Schultern an!

JULIA: Wie ein Flamingo!

STIMME EINER FRAU: Aha, das Wichtigste ist also der Hintern?

MÄNNERSTIMME: Ja, und die Augen!

STIMME EINER FRAU: Sitzen die auch unter den Schultern?

MÄNNERSTIMME: Unsinn ... aber ich bin überzeugt, Frauen mit einem hoch sitzenden Arsch, wie du, die haben auch höhere Gefühle, ich meine tiefere. Dein Niveau erreicht keine ... ich liebe dich ...

STIMME EINER FRAU: Und keine andere ... sag das noch mal, Massimo ...

MÄNNERSTIMME: An dich kommt keine ran ... auch nicht mit hohen Absätzen. *(Schmatzküsse und Liebesseufzer)*

JULIA: Die Schwarzwaldklinik ist nichts dagegen!

MÄNNERSTIMME: Aah ... ich bin verrückt nach dir ...

STIMME EINER FRAU: Sag es noch einmal, Massimo, sag es noch mal ... ooh, du bist der Größte ... du bringst mich um ...

MÄNNERSTIMME: Aber schwöre, daß du mir nie wieder so eine Szene machst!

STIMME EINER FRAU: Ich schwöre, ich schwöre!

MÄNNERSTIMME: Und mir nie wieder den Kartenständer aus Bronze an den Kopf wirfst!

STIMME EINER FRAU: Wieso? Nie, nie wieder. Oh, nicht so stürmisch, Schatz ... nicht die Bluse kaputtreißen ... ich mach das selber ...

MÄNNERSTIMME: Nein, laß mich ... ich mag das ... Ohgott, wie viele Knöpfe du hast!

STIMME EINER FRAU: Alle dir zuliebe angenäht ... darf ich dich auch ausziehen?

JULIA: Aah ja, splitterfasernackt!

MÄNNERSTIMME: Du bist ein Schatz ... aah, das kitzelt! Auiiah!

STIMME EINER FRAU: Ohgott, hab ich dir weh getan?

MÄNNERSTIMME: Der Reißverschluß ... ouh, er klemmt ... Aiia ... das tut weh!

STIMME EINER FRAU: Mein armer Kleiner ... warte ... mein Gott, ausgerechnet an der Stelle! So ein Pech ... er rührt sich nicht!

MÄNNERSTIMME: Vorsicht! Himmel, es wird immer schlimmer!

STIMME EINER FRAU: Wir müssen die Hose aufschneiden!

MÄNNERSTIMME: Die neue Hose?! Kommt nicht in Frage. Lieber fahren wir ins Krankenhaus ... Aoouuah!

STIMME EINER FRAU: Fertig! Geschafft! Armes Mäuschen, so einen Kratzer hab ich dir verpaßt ...

MÄNNERSTIMME: Von wegen Kratzer!

STIMME EINER FRAU: Komm, wir machen ein Pflästerchen drauf ...

ANDERE MÄNNERSTIMME: Hey, kleb dir lieber ein Pflaster aufs Maul, aber ein großes! Ihr rolligen Katzen, hört sofort auf mit dem Geschrei! Man hat ein heiliges Recht auf den Schlaf!

JULIA: Das ist der Ingenieur aus dem dritten Stock.

ANDERE FRAUENSTIMME: Ruhe da! Alter Neidhammel! Die jungen Leute dürfen schmusen, solang sie wollen!

JULIA: Die Pianistin von nebenan. *(die Stimmen sind verstummt)* Da haben wirs. Jetzt erfahre ich nie, ob nun die Liebe stärker war oder das Pflaster!

Das Huhn ist fertig. Julia nimmt es aus dem Topf, legt es auf eine Platte und dekoriert mit Oliven,

Orangenscheiben und Salatblättern. Dann betrachtet sie ihr Werk durch die Kamera.
Mein liebes Huhn, jetzt wollen wir mal sehen, wie du auf dem Bildschirm wirkst. Großaufnahme ... mit nacktem Hintern nach oben ... schäm dich. Du ekelst mich an: blödes Huhn aus der Hühnerfarm. Eingepfercht, mit einer grünen Brille auf dem Schnabel, hast du dahinvegetiert, und den Schweinkram, den sie dir vorgesetzt haben, für Salat und grüne Erbsen gehalten. Du Arschloch! Dieser Kadaver soll meine Henkersmahlzeit sein? Nein, lieber sterbe ich mit hungrigem Magen. Der ewige Schlaf wird ohne Alpträume ruhiger sein. *(geht und setzt sich auf die Vorbühne, sieht sich um, seufzt)* Es wird Zeit. Mir fehlt eine Idee für die Schlußeinstellung ... der Perseus wird rausgeschnitten. Am Schluß wirds dramatisch. Zoom ... Ampulle, Spritze, Armbeuge ... Gesicht der Sterbenden ... *(zieht eine Grimasse)* Nein. Der arme Mann ... das raubt ihm für immer den Schlaf. *(sieht sich wieder um; unentschlossen. Sie entdeckt die Illustrierte und liest aus dem Artikel vor)* Leg dich rücklings auf einen Tisch, schiebe einen heißen Backstein unter das Gesäß ... laß deinen Kopf ... über den Tischrand ... *(stößt Töne aus)* Das muß ich ausprobieren, vielleicht hilft es ja. Hoffentlich schwebe ich nicht zu hoch. Wo ist ein Backstein ... ha, er wird durch den Kochtopfdeckel ersetzt. *(nimmt den Deckel)* Ist der heiß! Nun der Tisch ... *(räumt Tischtuch und Teller ab, legt den Deckel auf den Tisch und sich oben drauf; jammert)* Aaoh! Ooaah! Ach, so entstehen

die Töne! *(rutscht mit dem Kopf über den Tischrand und fängt an zu schreien)* AHUOOO AHIOOOO … tatsächlich, es wirkt entspannend.

STIMME DES INGENIEURS: Hey, geht das Gejaule wieder los?!

STIMME DER PIANISTIN: Weitermachen! Nur Mut! Hört nicht auf diesen Tattergreis! *(ermuntert sie mit Klavierspiel. Man hört die Verliebten von nebenan wieder keuchen)*

STIMME EINER FRAU: Jaaa, oh Massimo, ich sterbe vor Lust!

MÄNNERSTIMME: Vorsichtig … AOOU … mein Pflaster!

STIMME EINER FRAU: Aah das tut gut … Du! OOOH! Später kriegst du eine ganze Rolle Leukoplast … oh Gott!

MÄNNERSTIMME: Mein Gott, du bringst mich um!

JULIA: Warum wird immer der liebe Gott in die Liebe mit reingezogen? Gott, wie herrlich! Ohgott, ich sterbe!

STIMME EINER FRAU: Ja, mach weiter … heilige Muttergottes!

JULIA: Natürlich, sie auch noch!

STIMME DER PIANISTIN: Jaa, weitermachen, weitermachen!

STIMME DES INGENIEURS: Ruuuhe!

Man hört ein Kind weinen. Autosirenen.

JULIA: Sieh da, schon ist das Leukoplastkind geboren! *(steigt vom Tisch)* Habe ich einen Hunger. Richtig schlecht ist mir. *(betrachtet das Huhn)* Ekelhaft. Ab mit dir in den Mülleimer! Was könnte ich essen? *(klatscht in die Hände)* Ich habs. Spaghetti! Ich koch mir ein Pfund ... ach was, ein Kilo ... ich werde mich mit einer Überdosis Spaghetti umbringen. So, das Wasser ... *(läßt Wasser in einen großen Topf laufen)* zuerst wird eine Verdauungspille geschluckt ... *(steckt das Gas an)* Spaghetti ... mit Kapern und Sardellen ... *(das Telefon klingelt, sie nimmt ab)* Hallo?

FRAUENSTIMME: Bitte entschuldigen Sie die Störung, Frau Doktor, aber ich muß unbedingt mit jemandem sprechen ... hallo?

JULIA: Schon gut, ich höre.

FRAUENSTIMME: Sie sind doch selber am Apparat, oder? Habe ich mich verwählt?

JULIA: *(resigniert)* Doch, Sie sind richtig ... Sie sprechen mit der Therapeutin.

FRAUENSTIMME: Haben Sie Zeit? Störe ich?

JULIA: Das kann man sagen ...

FRAUENSTIMME: Dann rufe ich später wieder an ...

JULIA: Nein, später hat keinen Sinn.

FRAUENSTIMME: Was haben Sie. Stimmt etwas nicht?

JULIA: Alles in Ordnung, es geht mir blendend. Ich bin nur müde. Leider sind nicht alle Patienten so verständnisvoll wie Sie. Da hat eine Probleme wegen dem Froschorakel, weil sie sich nicht auf Kaninchen verlassen möchte, die andere beißt einem Kunden den halben Hoden ab ...

FRAUENSTIMME: Einem Ihrer Kunden wurde der Hoden abgebissen?

JULIA: Doch nicht meinem ... vergessen wir das, die Geschichte ist zu lang. Was kann ich für Sie tun? Warten Sie, ich will nur den Hörer wechseln. *(ver-*

bindet eine Sprechgarnitur – Kopfhörer und Mikro – wie sie Telefonistinnen tragen, mit dem Telefon. Dann setzt sie die Sprechgarnitur auf) Pardon, ich war gerade beim Kochen …

FRAUENSTIMME: Tut mir leid, wenn ich aufdringlich bin.

JULIA: Macht nichts. Mit der Sprechgarnitur von der Post kann ich mich frei bewegen …

FRAUENSTIMME: Wie bitte?

JULIA: Die habe ich mir besorgt, falls meine Mutter anruft. Sie redet ewig und drei Stunden … so habe ich die Hände frei und kann gleichzeitig zuhören. Also, schießen Sie los …

FRAUENSTIMME: *(aggressiv)* Gut, ich habe Ihre Methode ausprobiert. Ehrlich gesagt, ist wenig dabei herausgekommen … Dafür sind Feuerwehr und Streifenwagen angerückt, wegen Ruhestörung!

JULIA: *(lacht)* Stimmt das?

FRAUENSTIMME: Das war gar nicht komisch.

JULIA: Entschuldigung. Hat Ihnen die Methode denn keine Erleichterung verschafft?

FRAUENSTIMME: Ach was. Ich könnte mich ohrfeigen!

JULIA: Und warum?

FRAUENSTIMME: Also wissen Sie! Wenn eine Frau in meinem Alter mit einem Ziegelstein unterm Hintern den Kopf pendeln läßt … Wie konnte ich bloß auf diese Posse reinfallen!

JULIA: *(spielt die Beleidigte)* Posse? Diese phantastische Methode kommt immerhin aus Japan …

FRAUENSTIMME: Genau. Japan ist weit … Hierzulande hätte man die Erfinder verprügelt und in den Knast gesteckt ... Arm in Arm mit Verdiglione!

JULIA: Das hat gesessen! Hören Sie, warum belästigen Sie mich eigentlich in meinen vier Wänden? Bloß um mir mitzuteilen, daß ich Prügel verdiene, und Knast? Muß man denn immer in der Scheiße landen? Da ist mir die Strichdame doch lieber, die nur meine Wohnung anzünden und meinen Mann in sein Dings beißen will ...

FRAUENSTIMME: Bitte nicht aufregen ... Sie haben ja recht, ich bin unverschämt, rücksichtslos und aggressiv...

JULIA: *(ist mit den Spaghetti beschäftigt und bereitet den Tisch vor)* Aber nein ...

FRAUENSTIMME: ... gemein und arrogant ...

JULIA: Nicht doch ...

FRAUENSTIMME: ... eine blöde Kuh!

JULIA: Wenn Sie unbedingt wollen.

FRAUENSTIMME: Sie ahnen ja nicht, in welcher Verfassung ich bin!

JULIA: Sagen Sie DAS nicht!

FRAUENSTIMME: Nichts und niemand ertrage ich mehr. Dabei war ich früher überhaupt nicht trübsinnig, geschweige denn aggressiv...

JULIA: Da haben wirs. Ich glaube, Sie haben dieselbe Paranoia wie ich ... betrachten den ganzen Tag Ihren eigenen Nabel, als sei er der Mittelpunkt der Welt ... und eine Träne nach der andern tropft auf Ihren Nabel ... in die tauchen Sie zum Schluß den Finger und rufen: Seht her! Ein Ozean!

FRAUENSTIMME: Sie tauchen den Finger in Tränen und behaupten, das ist der Ozean?

JULIA: Nicht direkt … als literarische Metapher.

FRAUENSTIMME: Gottlob!

JULIA: *(hält die Sprechmuschel zu)* Macht das Spaß … Therapeutin, das wäre ein Beruf für mich … aber zu spät. Reden Sie …

FRAUENSTIMME: Sie sind an die Falsche geraten, meine Liebe. In puncto Selbstironie können Sie von mir lernen! Sie sollten mich mal besuchen. Wenn Sie sehen könnten, was für Poster ich aufgehängt habe …

JULIA: Sie hängen Poster auf? Zu welchem Zweck?

FRAUENSTIMME: Zur Zeit versuche ich, das Rauchen aufzugeben. Und abnehmen will ich …

JULIA: Sie auch?!

FRAUENSTIMME: Was … auch Sie halten Diät und wollen nicht mehr rauchen?

JULIA: Auch Therapeutinnen haben Probleme.

FRAUENSTIMME: Ich sag Ihnen, auf meinem Diätplan stand heute ein ganzes Suppenhuhn. Ekelhaft!

JULIA: Nein! Sie haben es weggeworfen?

FRAUENSTIMME: Im Gegenteil, es wurde sorgfältig verpackt, verschnürt und an meine Hauswirtin geschickt. Sie hat mir nämlich gekündigt … hoffentlich kommt das Paket, wie üblich bei der Bundespost, verspätet an, verwest und stinkend!

JULIA: *(lacht)* Ganz schön boshaft – aber witzig!

FRAUENSTIMME: Es ist zum Kotzen! Ehrlich, ich leide an einer echten Neurose: andauernd übergebe ich mich. Gleichzeitig leide ich an Verstopfung, also esse ich Weizenschrot und stecke mir Knoblauchzehen in den Hintern, bis ich aus dem Maul rieche wie ein giftiger Drache!

JULIA: Ich muß Ihnen etwas gestehen, aber nicht als Ärztin … sondern so, als sei ich eine x-beliebige Frau, die Sie aus Versehen angerufen hätten … Ich muß gestehen, wenn ich Ihnen so zuhöre, dann komme ich mir wie eine Kopie von Ihnen vor … ich habe das Gefühl, als sähe ich einen großen Spiegel. Weil ich mich genauso leer wie Sie fühle, so ausgepumpt und verzweifelt … ich hänge mir die gleichen geistreichen Plakate an die Wand … und halte mich für modern und emanzipiert, bloß weil bei mir alles vollautomatisch funktioniert, bis hin zum Klo …

FRAUENSTIMME: Hören Sie auf, Frau Doktor, ich weiß, worauf Sie hinauswollen. Irrtum, Sie sprechen nicht mit der kleinen Naiven, die reinfällt auf Ihr zuckersüßes »Genau wie ich, Sie sind mein Spiegelbild« …

JULIA: Sie glauben mir nicht?

FRAUENSTIMME: Ganz im Gegenteil. Ich halte Sie für äußerst glaubwürdig, denn Sie sind zum Glück weder Psychiaterin noch Therapeutin.

JULIA: Ich soll keine Thera …

FRAUENSTIMME: *(unterbricht sie)* Das habe ich nach zwei Sekunden gemerkt. Sie reden viel zu normal und freundlich für eine Kollegin.

JULIA: Kollegin? Heißt das …

FRAUENSTIMME: Doch, ich bin Ärztin.

JULIA: Und warum haben Sie das Spiel mitgespielt?

FRAUENSTIMME: Weil ich jemand brauchte wie Sie. Ich wollte einfach ein bißchen reden … mit einer Frau, die ganz normal reagiert … bevor es kracht.

JULIA: Bevor was kracht?

FRAUENSTIMME: Ich mache Schluß. Hören Sie? Ich spreche schon mit schwerer Zunge.

JULIA: Reden Sie weiter! Was haben Sie getan! Haben Sie was eingenommen?

FRAUENSTIMME: Ich habe den Gashahn aufgedreht ... nur ein bißchen ... Ohne viel zu spüren, werde ich mich aus dem Staub machen. Glauben Sie mir, es ist ein ganz angenehmes Gefühl.

JULIA: Ich will Ihnen etwas sagen, und es ist kein Trick diesmal. Ich will auch Schluß machen. Ich habe eine Ampulle vorbereitet, mit einer Mischung aus Sioran und Pentatol, ein Mittel zum Einschläfern von Hunden ...

FRAUENSTIMME: Raffinierte Kombination!

JULIA: Sie glauben mir nicht? Ich schwöre!

FRAUENSTIMME: Ich glaube Ihnen aufs Wort ... Gratulation.

JULIA: Warten Sie ... aber seit ich per Zufall die Rolle der Therapeutin spiele und mir am Telefon meine eigenen Gedanken anhören muß, meine eigene Verzweiflung, kommt mir alles, was mir logisch erschien, plötzlich so absurd vor! Völlig verrückt!

FRAUENSTIMME: Logik und Verrücktheit sind miteinander verwandt ...

JULIA: Sagen Sie mir, wo Sie wohnen, bitte ... Ihre Adresse, ich komme, und wir reden über alles ...

FRAUENSTIMME: Wir haben doch ausführlich miteinander geredet, oder? Es hat mir gut getan. Ich brauchte Ihre sympathische Stimme, als Gesellschaft für die letzte Stunde.

JULIA: Bitte, wo wohnen Sie ...

FRAUENSTIMME: Danke für Ihre Anteilnahme, aber ich brauche sie nicht. Es wäre auch viel zu gefährlich für Sie: die Türklingel ist kurzgeschlossen. Wer zuerst auf den Summer drückt, löst den Knall aus, und RUMMS! alles fliegt in die Luft. Meine bucklige Verwandtschaft soll kein heiles Stück finden, was sie erben könnte ... und erst meine Hauswirtin wird sich freuen, wenn sie die Bruchbude sieht! Aber jetzt habe ich Ihre Geduld lange genug strapaziert ...

JULIA: Nein, nicht auflegen! Nehmen Sie doch Vernunft an!

FRAUENSTIMME: Vernunft? Sie sind gut. Ausgerechnet eine, die sich mit Pentatol und Hundegift umbringen will, fordert mich auf, vernünftig zu sein?

JULIA: *(es klingelt)* Es hat geklingelt, bitte, warten Sie einen Augenblick, ich bin gleich wieder da.

FRAUENSTIMME: Okay, ich warte ...

JULIA: *(läuft zur Gegensprechanlage)* Wer ist da?

STIMME DER HAUSMEISTERIN: Die Portiersfrau. Hier sind zwei Boten mit Blumen für Sie. Ich schikke sie rauf.

JULIA: Nein, lassen Sie ... hallo! Behalten Sie die Blumen ... sie ist weg. *(setzt wieder die Kopfhörer auf)* Sind Sie noch da? Hören Sie mich?

FRAUENSTIMME: Ja, ich höre ... aber es dröhnt in meinem Kopf ... es fängt an zu wirken ...

JULIA: Hören Sie, Sie müssen sofort die Fenster aufreißen und das Gas abdrehen ... sagen Sie mir wenigstens Ihren Namen!

FRAUENSTIMME: Wozu? Ich heiße Carla.

JULIA: Bedenken Sie, Carla, wenn Sie sich umbringen, steht Ihnen niemand bei …

FRAUENSTIMME: Doch. Jetzt steht mir mein Mut bei. Und später … wer weiß.

JULIA: Sind Sie denn ganz sicher? Könnte es nicht auch Feigheit sein … Wissen Sie, ich habe mich auch für mutig gehalten … *(es klingelt. Julia spricht weiter, geht zur Tür)* aber vielleicht war es bloß Angst davor … *(zur Tür)* Ich komme! *(ins Telefon)* weiterzukämpfen … ja doch! … Nicht auflegen! *(öffnet die Tür. Ein großer Blumenstrauß landet vor ihrem Gesicht)* Hilfe!

Sie verliert die Kopfhörer. Hinter dem Strauß erscheinen ein jüngerer und ein älterer Mann. Sie bedrohen die Frau mit Pistolen.

ÄLTERER MANN: Stehenbleiben, keine Bewegung! Ein Ton, und du wirst umgelegt.

JUNGE: Das ist ein Überfall! Wenn du dich wehrst, mach ich dich kalt!

JULIA: Warum seid ihr nicht eher gekommen? Schade, ihr hättet mir einen großen Gefallen getan!

ALTER: Schnauze! Rück die Penunse raus, aber alles, dann hauen wir wieder ab.

JULIA: Ihr habt Pech. Ich wollte gerade weg … ich wollte verreisen.

JUNGE: Also her mit der Reisekasse.

JULIA: Die Reise war gratis … ohne Rückfahrt.

ALTER: Willst du uns verarschen? Rück das raus, oder …

JULIA: Nicht aufregen … entspannt euch erstmal. Ich hab auch gar nichts gegen euch. Ihr könnt alles haben … *(holt ihre Tasche)*

JUNGE: *(reißt ihr die Handtasche weg)* Her damit!

JULIA: Tut mir leid, es sind nur vierhundert Mark.

JUNGE: Stimmt! Drei blaue und zwei Fuffis ... das war's schon?!

ALTER: Ich laß mich nicht verscheißern! Du gibst jetzt die Knete raus ... *(wirft das Tischfeuerzeug in Richtung Julia und löst die Warnanlage aus: die Bilder wenden sich, kurzer Heulton, die Warnleuchte blinkt)*

JUNGE: Sau, elende! Alarm! *(rennt zur Wohnungstür)*

ALTER: Halt! Das ist ein Trick!

JULIA: Bitte verzeiht, diese Warnanlage ... die hab ich erfunden wegen der Zigaretten, damit ich nicht mehr rauche.

JUNGE: Du blöde Kuh, einen so zu erschrecken! *(ohrfeigt sie. Das Licht geht aus)* Was ist denn los?

JULIA: Die Ohrfeige ... der Schlag hat den Akustikschalter ausgelöst. Wißt ihr, mein Haushalt ist voll automatisiert ... Sehen Sie das Kästchen an der Wand? Der Sensor reagiert sofort ... gestatten Sie? *(schlägt kräftig zu. Das Licht geht an)*

JUNGE: Ach du Scheiße!

JULIA: Es funktioniert!

JUNGE: Das sollst du büßen! Alte Schlampe! *(zieht die Pistole)*

ALTER: *(stoppt ihn mit einer Ohrfeige. Das Licht geht aus)* Halt dich zurück, Kokser! *(erneut Ohrfeige mit Lichteffekt)* Wer zeigt uns denn, wo die Knete steckt, wenn du sie umlegst? *(erneute Prügelei)*

JUNGE: Von dir laß ich mich weder schlagen noch beschimpfen, capito? *(schlägt kräftig zurück.*

Lichteffekt. Sie prügeln sich ausgiebig mit entsprechenden Hell-dunkel-Effekten)

JULIA: Sofort aufhören! Wenn man's übertreibt, fliegt die Sicherung raus! Beeilt euch lieber. Nehmt mit, was ihr wollt, und macht euch davon. Ich habe noch eine wichtige Sache zu erledigen! *(setzt wieder den Kopfhörer auf)* Entschuldigung, aber …

ALTER: Und wozu ist das gut?

JULIA: Zum Abschalten … für Telefonistinnen. Als ihr mit den Blumen gekommen seid, habe ich gerade mit einer Freundin telefoniert.

ALTER: Telefoniert? Das heißt, die hat mitgehört? Gib mal her … *(hält den Hörer ans Ohr)* … hat wohl aufgelegt.

JULIA: Das ist nicht wahr!

JUNGE: Wetten, sie hat die Bullen alarmiert?

JULIA: Glaube ich nicht, die hat andere Probleme … was mache ich bloß …

JUNGE: Also deshalb hat sie so eine Show abgezogen, die Nutte … Zeit wollte sie gewinnen! Los, wir verschwinden! *(will weg; sein Kumpel hält ihn auf)*

ALTER: Du Idiot …

JUNGE: Und wenn die Bullen kommen! *(versucht sich loszureißen und wird geohrfeigt. Lichteffekt)*

JULIA: Kein gutes Team.

ALTER: Zuerst wird hier abgeräumt, verstanden?!

Schlägt den Jungen. Der Junge greift sich eine Flasche vom Servierwagen und will sie seinem Kumpel auf den Schädel schlagen. Das Warnsystem wird ausgelöst: Projektion von Warnsprüchen, Stentorstimme vom Tonband. Der Junge läßt die Flasche erschrocken fallen.

ANSAGE: Macht euch nichts vor. Es gibt keine Rettung. Alkohol tötet langsam, aber unerbittlich.

JULIA: *(hebt die Flasche auf und stellt sie auf den Wagen. Es ist still; nichts bewegt sich. Mit schüchterner Stimme)* Entschuldigt bitte. Ich hab Probleme mit dem Trinken gehabt, deshalb ... der Trick ist folgendermaßen ...

ALTER: Siehst du? Sie will uns austricksen! Ich habe dich gewarnt! *(will sie schlagen. Julia bückt sich; der Junge kriegt die Ohrfeige. Lichteffekt)*

JULIA: Und Schluß mit der Gewalt gegen Frauen! *(schlägt kräftig zurück. Der Einbrecher landet am Boden. Lichteffekt)*

JUNGE: Beeilung, die Bullen kommen!

ALTER: Rückst du jetzt endlich die Moneten raus?

JULIA: Das ist alles, Ehrenwort. Ich hab nicht mit euch gerechnet.

JUNGE: *(packt die Kette um Julias Hals. Die Perlen kullern umher)*

ALTER: Arschloch! *(Schlag. Das Licht geht aus)* Geh mal ins Kino! Damit du lernst, wie man das macht! Und mach das Licht an! *(Der Junge ohrfeigt sich; das Licht geht an)* Das dauert ewig, die aufsammeln!

JULIA: Modeschmuck lohnt sich nicht, schade um die Zeit. *(Der jüngere Mann hat die Kamera angestellt)* Ausschalten! Bitte nicht berühren! Das sind hochempfindliche Geräte. Möchten Sie ein Andenken? Soll ich Sie aufnehmen? Das wird ein Filmchen: Raubüberfall, nach dem Leben gedreht ... keine Lust?

ALTER: Stop! *(zum Jungen)* Du bist ja total bedröhnt! Geh doch gleich selber, den Bullen die Kassette bringen! So ein Schwachsinn! *(zu Julia)* Das wird gelöscht! Und stell die Kamera ab!

JUNGE: Hör auf, mich Kiffer zu schimpfen, sonst schlage ich um mich ... und nach Schmuck zu suchen! Der Kasten hier ist Gold wert. Um die fuffzigtausend, schätze ich ... *(zu Julia)* Hab ich recht? Wieviel hast du dafür hingeblättert? Spuck schon aus, Alte!

JULIA: Hände weg ... das könnt ihr mir nicht antun ... wovon soll ich leben, wenn ihr das wegschleppt?

ALTER: Mach dir nichts draus. Außerdem, wolltest du nicht verreisen?

Die beiden laden sich Videogerät und Kamera auf die Schultern.

JULIA: Nein, wenigstens die bespielte Kassette!

JUNGE: Keine Sorge, die wird gelöscht.

ALTER: Vergiß das Radio nicht.

JULIA: Neiein, laßt mir das Radio ...

ALTER: *(droht Julia mit der Pistole)* Mach mir keine Dummheiten! Wenn du jemand anrufst, komm ich zurück und mach dich kalt!

JULIA: Keine Angst, ich halte den Mund ... *(die Männer haben Mühe, sich vollgepackt davonzumachen)* Warte, ich helf euch ... auf Wieder ... *(hält die Tür auf, die Männer gehen ab. Julia schließt die Tür und setzt die Sprechgarnitur auf)* Was ich alles mitmachen muß ... Mein Gott, sie hat tatsächlich aufgelegt. *(setzt den Kopfhörer ab)* Was soll ich bloß tun? *(nimmt sich zusammen)* Richtig, die Polizei. Also anrufen. Und die Nummer? … ich bin doch blöd … 113 … *(wählt)* schnell, beeil dich … Hallo?

STIMME DES POLIZISTEN: Polizeizentrale. Was gibts?

JULIA: Entschuldigung, ich kann kaum sprechen und bin halb taub, weil der Typ mir eine geballert hat, aber wie …

STIMME DES POLIZISTEN: Welcher Typ?

JULIA: Ein Gangster, nein, zwei!

STIMME DES POLIZISTEN: Sie sind überfallen worden? Wann?

JULIA: Ja, vor zwei Minuten … in meiner Wohnung … aber deshalb rufe ich nicht an, ihr müßt dringend …

STIMME DES POLIZISTEN: Wo wohnen Sie?

JULIA: Corso di Porta Vigentina 138, Wohnung A …

STIMME DES POLIZISTEN: Corso di Vigentina … Telefon 58 00 74?

JULIA: Woher wissen Sie …

STIMME DES POLIZISTEN: Vor fünf Minuten hat eine Frau wegen Raubüberfall unter dieser Adresse angerufen …

JULIA: Das ist sie. Ihr müßt sofort zu ihr hin. Hat sie gesagt, wo sie wohnt?

STIMME DES POLIZISTEN: Wir haben sie gefragt, aber sie hat sich geweigert. Ihre Stimme hörte sich an, als sei sie betrunken. Vermutlich ein Fall von Mythomanie.

JULIA: Das ist ein Irrtum … sie hat Gas genommen.

STIMME DES POLIZISTEN: Eine Gas-Süchtige?!

JULIA: Quatsch … nein, sie hat den Gashahn aufgedreht! Aber Vorsicht, drückt um Himmels willen nicht auf die Klingel, wenn ihr da seid, sie hat die

Kabelenden kurzgeschlossen ... ein Knall, und alles fliegt in die Luft!

STIMME DES POLIZISTEN: Was fliegt in die Luft?

JULIA: Das Appartement samt Mobiliar! Sie will ihrer ekelhaften Verwandtschaft kein heiles Fitzelchen hinterlassen ... und ihre Hauswirtin, die sie gefeuert hat, die wird sich umgucken, wo sie einen Mieter für diesen Schutthaufen hernimmt ... verstanden? Aber beeilt euch, sonst ist sie tot!

STIMME DES POLIZISTEN: In Ordnung. Wie ist die Adresse?

JULIA: Weiß ich nicht.

STIMME DES POLIZISTEN: Wie? Sie wissen nicht, wo Ihre Gasfreundin wohnt?

JULIA: Wir sind nicht sehr eng befreundet, wir kennen uns nicht lange, erst seit heute abend, über die Illustrierte, in der meine Telefonnummer statt der Nummer dieser japanischen Therapeutin drinstand ...

STIMME DES POLIZISTEN: Eine japanische Therapeutin?

JULIA: Ja, aber diese Freundin war nicht die erste Anruferin ... stellen Sie sich vor, eine wollte wissen, ob sie einen heißen Backstein unter den Hintern schieben darf, obgleich der Frosch eine Schwangerschaft orakelt hat ...

STIMME DES POLIZISTEN: Beruhigen Sie sich, junge Frau.

JULIA: Ich bin nicht aufgeregt. Aber ich möchte Sie mal sehen! Wie ich so ganz friedlich zu Hause sitze und gerade mein Abschiedsvideo drehe – weil ich beschlossen habe, mich mit Pentatol und Hundegift umzubringen – da ruft plötzlich jemand an: Frau Doktor, geben Sie mir sofort einen Rat, oder ich komm rüber, stecke Ihre Wohnung in Brand, und wir spielen ein Duell für zwei Pistolen ... PENG! Ich bin so nervös geworden, daß ich einem Kunden ins Geschlechtsteil gebissen habe, ein Ei ist unter den Schrank gekullert, das liegt jetzt im Eisbeutel ... die in der Poliklinik können zaubern und nähen alles ruckzuck wieder an!

STIMME DES POLIZISTEN: Entschuldigung ... Sie haben einem Kunden das Geschlechtsteil abgebissen?

JULIA: Sind Sie verrückt? Um Himmels willen, ich bin Vegetarierin. Sie wollen mich wohl ablenken? Beeilen Sie sich lieber, finden Sie heraus, wo meine Freundin wohnt! Es ist eine Tragödie.

STIMME DES POLIZISTEN: Sofort. Wie heißt sie?

JULIA: Carla ... sie heißt Carla.

STIMME DES POLIZISTEN: Gut. Carla, und weiter? Nachname?

JULIA: Hat sie mir nicht gesagt ... sie ist Ärztin.

STIMME DES POLIZISTEN: Das ist besser als nichts. Können Sie sich an weitere Einzelheiten Ihres Gesprächs erinnern?

JULIA: Natürlich. Sie macht wie ich eine Schlankheitskur und will das Rauchen aufgeben ...

STIMME DES POLIZISTEN: Das bringt nicht viel. Was noch?

JULIA: Auch ihre Wände hängen voll mit terroristischen Plakaten.

STIMME DES POLIZISTEN: Terroristische Plakate?!

JULIA: Ja, aber dann versaut sie sich alles, zuerst kocht sie das Huhn, aber sie ißt es nicht auf.

STIMME DES POLIZISTEN: So? Was macht sie denn damit?

JULIA: Wegwerfen … ach was, die das Huhn wegschmeißt, das bin ich, sie schickt ihres mit der Post, dabei verfault es und landet stinkend bei ihrer Hauswirtin.

STIMME DES POLIZISTEN: Außerordentlich interessante Details!

JULIA: Ich weiß, ich rede etwas verworren, aber es ist die reine Wahrheit! Nur in der falschen Reihenfolge, wegen der Aufregung …

STIMME DES POLIZISTEN: Versetzen Sie sich mal in unsere Lage! Eine Frau ruft an, behauptet, sie wolle sich umbringen … aber wo sie wohnt, das sagt sie nicht. Wie würden Sie reagieren?

JULIA: Am Anfang wollte sie einfach nur schwatzen, das mit dem Umbringen kam erst am Schluß. Sie hat keinen Arzt gesucht, sondern eine freundliche Stimme, zum Reden …

STIMME DES POLIZISTEN: Und während sie mit Ihnen so daherschwatzt, beschließt sie, sich zu vergasen!

JULIA: Nein, der Entschluß stand schon fest, genau wie bei mir. Ich unterhielt mich gerade in aller Ruhe mit meinem Mann darüber, in seiner Abwesenheit, wie gesagt, denn wir leben seit einem Jahr getrennt … und vielleicht mag ich ihn noch, auch wenn ich sage, ich mag ihn nicht mehr, damit er sich keinen Lorbeerkranz aufsetzt, wie Perseus. Da war meine Gasfreundin, die Carla, taktlos genug, mich noch zu beschimpfen: schämen Sie sich, Ihren Patientinnen den Hintern zu verbrennen, damit sie Vokale ausstoßen … AIIUAOOO! Können Sie mir folgen?

STIMME DES POLIZISTEN: Aber selbstverständlich.

JULIA: Wollen Sie mich eigentlich verarschen?

STIMME DES POLIZISTEN: Ich werde mich hüten!

JULIA: Und worauf warten Sie dann? Laufend macht ihr Reklame mit eurer großartigen Datenbank, die jeden Verbrecher in Sekundenschnelle ausfindig macht, aber wenn es darum geht, eine verzweifelte Frau zu retten, dann rührt ihr keinen Finger!

STIMME DES POLIZISTEN: Nicht aufregen. Sagen Sie … wie ist Ihr Name?

JULIA: Meiner? Der spielt keine Rolle. Mich muß keiner retten …

STIMME DES POLIZISTEN: Das wird sich zeigen.

JULIA: Nein, ich habe mich selbst gerettet, mit Hilfe von Carla … weil sie geredet hat. Sie hat erzählt, und ich habe mich plötzlich wie in einem großen Spiegel, als ihr Double, wiedererkannt … und alles begriffen. Ich war wie erschlagen! Verstehen Sie? Was sie gesagt hat, war eine Art Projektion meiner eigenen Verrücktheit. Gut, du bist total fertig, sagte ich mir, aber du kommst wieder hoch. Hör endlich auf, allein in der Wohnung rumzuhocken, hör auf mit den ewigen Fastenkuren … Jesses, die Spaghetti! Ein einziger Papp … egal, die kriegt meine Hauswirtin … Schluß jetzt mit der Nabelschau, mit Den-Finger-in-Tränen-tauchen und dem ganzen Geschrei: Der Ozean! Schluß mit dem ganzen Kram hier, samt den beschissenen elektronischen Geräten! Ich will rauchen, und ich werde rauchen, und dick werden, so dick … Herr

Wachtmeister! Er hat aufgelegt. *(will noch einmal wählen. Es klingelt, sie geht zur Gegensprechanlage)* Hallo? Was gibt's?

STIMME DER HAUSMEISTERIN: Ein Notarztwagen mit Krankenpflegern ist da, sie fragen, ob auf Sie ein Überfall verübt worden ist …

JULIA: Ach was, eine Ohrfeige, ich bin nicht verletzt, nur eine Backe tut weh …

STIMME DER HAUSMEISTERIN: Entschuldigen Sie, hier ist ein Arzt, der Sie persönlich sprechen will.

JULIA: Ein Arzt?

ARZTSTIMME: Guten Abend. Ganz ruhig bleiben … wir sind gleich oben.

JULIA: Das muß ein Irrtum sein. Ich bin ganz ruhig, und gerufen hab ich Sie auch nicht!

ARZTSTIMME: Die Polizei hat uns benachrichtigt. Bitte öffnen Sie die Tür, wenn wir oben sind. Können Sie noch allein laufen?

JULIA: Laufen? Springen, und ganz alleine!

ARZTSTIMME: Gut. Sonst bringen wir die Bahre mit rauf.

JULIA: Eine Bahre? Außer einer Ohrfeige ist nichts passiert!

ARZTSTIMME: Noch etwas. Seien Sie friedlich, ziehen Sie den Klingeldraht heraus, und bitte isolieren. Wir werden den Knopf nicht drücken, aber man weiß ja nie … und dann sofort die Fenster aufreißen …

JULIA: Aber das ist doch ein Mißverständnis, ich bin nicht die mit dem Gas, sondern die andere, die mit dem Pentatol …

ARZTSTIMME: Und dem Hundegift, ich weiß. Die Polizei hat uns genau informiert, auch über das verweste Huhn im Paket, die zerfleischten Genitalien auf Eis und die schwangere Kröte. Bleiben Sie ruhig, entspannen Sie sich, und leisten Sie keinen Widerstand …

JULIA: Warum Widerstand? Was haben Sie vor? Mir geht es bestens … Nein, ich bin nicht verrückt … mich kriegt ihr nicht in die Anstalt!

STIMME AN DER TÜR: Aufmachen, und brav sein … aufmachen … oder wir brechen die Tür auf!

JULIA: *(verzweifelt)* Nein, nicht in die Anstalt! Nein!

Das Licht geht langsam aus. Musik.

Renate Chotjewitz-Häfner

Franca Rame. Ein Portrait

Die geborene Schauspielerin

Franca Rame, 1929 in Parabiago (Milano) geboren, als jüngstes Kind von Domenico Rame und Emilia. Ihre Mutter, streng katholisch und Lehrerin, wechselt nach der Heirat den Beruf und geht ans Theater. Die Rames betreiben seit Generationen ein berühmtes Familien-Wandertheater. Der Großvater Pio Rame war ein bekannter Marionettenschauspieler. Franca, im Alter von achtzehn Tagen zum ersten Mal auf der Bühne, lebt bis 1950 in diesem familiären Theater, in dem vor allem Onkel, Tanten, Cousinen und Geschwister eine Rolle spielen. Ein Wanderleben mit dem Tourneetheater: Das bleibt bis zum heutigen Tag ihre Heimat. In den vergangenen sechzig Jahren hat es ein paarmal den Namen gewechselt und heißt heute »Compagnia Teatrale Franca Rame«. 1992 sagt sie:

»Vieles, nein alles verdanke ich meinen Eltern. Dazu muß ich erklären, meine Mutter und mein Vater haben mir nicht etwa beigebracht, wie ein Exposé entwickelt wird, wie die Bewegungen verteilt werden, oder die Bühnenbeleuchtung, also die geläufigen technischen Ausdrücke wie im Lehrbuch. Wenn bei uns zu Hause über Theater geredet wurde, dann in der ganz normalen Alltagssprache. Hinter der Bühne, zwischen einer Pointe und der folgenden, bevor sie sagte: »Geh, du bist dran!«, hat mich meine Mutter gefragt, ob ich die Hausaufgaben gemacht habe, was mein Onkel erzählt hat, und ob ich das wollene Unterhemd trage. Die technischen Ausdrücke hab ich erst später gelernt, als ich in anderen Ensembles arbeitete, und dann mit Dario zusammen. Sie klingen noch heute fremd und künstlich für mich. Ich glaube, den Beruf der Bühnenschauspielerin hab ich so gelernt, wie ich lernte, am Tisch zu sitzen. Auf der Bühne zu stehen, das bedeutete einfach, mich zwischen meinen Eltern, zwischen Bruder und Schwestern zu bewegen, vor einem zahlenden Publikum. Bevor ich lesen oder schreiben konnte, so wie Kinder das in einer Schule lernen, habe ich gelernt, auf der Bühne zu stehen. Mein erster Auftritt war die Rolle als Säugling im Arm meiner Mutter, in der »Genoveva von Brabant«.[1]

Lehr- und Wanderjahre

Mit knapp zwanzig Jahren verläßt Franca Rame die Familie. Nun arbeitet sie, meist als Revuegirl, in renommierten Revuetheatern, nimmt Schauspielunterricht, absolviert eine Schwesternausbildung und bekommt mehrere Filmrollen. 1951 kreuzt Dario Fo ihren Lebensweg. Beide sind als Schauspieler von einem bekannten Mailänder Revuetheater, den »Sorelle Nava«, engagiert worden. Das Stück heißt

»Sette giorni a Milano« (Sieben Tage Mailand). Francas Rollenfach ist die »Soubrettona«, die zwischen dem Rollenfach einer Soubrette und einer Soubrettine liegt (letztere tritt in BH und Slip auf). Während der Tournee verlieben sie sich. 1953 spielt Franca Rame, inzwischen verlobt, in Dario Fos erstem Stück mit, »Il dito nell' occhio«.

»Als ich Dario kennenlernte, da war ich hübsch, Figur und Busen, und platinblond gebleichte Haare. In seinen Augen war ich eine Schönheit, die auch mal einen Satz auf der Bühne sagen durfte. Bis er eines Tages mitkam nach Varese, wo ich in Scampolo, einer Komödie von Dario Niccodemi, spielte, im Theater meines Onkels. Er staunte nicht schlecht. Fand mich gut und begann, an mich als Schauspielerin zu glauben. Und deshalb wollte er mich dann auch für ›Der Finger im Auge‹ mit dabei haben...«[2]

Geheiratet wird im Juni 1954 in Mailand, in der Kirche Sant' Ambrogio. Später taucht das als Zitat in Dario Fos Komödie »Erzengel flippern nicht« auf: »Kirchlich getraut, um ihre strenggläubige Mutter zufriedenzustellen«. Ein Jahr später kommt ihr Sohn Jacopo Fo zur Welt. In den fünfziger Jahren wird Franca Rame mit dem Titelfoto einer Illustrierten zur »italienischen Rita Hayworth« befördert. Nach einem Jahr in Rom, wo Dario Fo vergeblich sein Glück als Gag-Schreiber für Filmkomödien sucht, und einer Saison Spielpause von Franca, gehen sie nach Mailand. Franca Rame bekommt Engagements in Farcen von Labiche und Feydeau – und überzeugt Dario Fo, sich ebenfalls fürs Theater zu entscheiden. Nun schreibt und inszeniert er in Mailand und Turin die Einakter »Diebe, Damen, Marionetten« und »Comica finale«, in denen auch Franca auftritt. Idee und Technik dieser frühen Farcen basieren auf den Stückvorlagen des Wandertheaters Rame.

Die Frau zum Wegschmeißen

1958 gründet das Paar sein eigenes Theaterunternehmen Fo/Rame: mit Dario Fo als Autor, Hauptdarsteller, Bühnenbildner und Regisseur, mit Franca Rame als Soubrette und Theaterchefin, ihrer Schwester Pia Rame als Kostümbildnerin und Enrico Rame als Organisator. Als erstes Stück wird »Erzengel flippern nicht« aufgeführt. In den folgenden zehn Jahren debütiert das Fo/Rame-Theater meist nach der Sommerpause mit einer neuen Komödie, mit Franca Rame als Protagonistin, und bereist während der Theatersaison die Unterhaltungstheater Italiens, mit Komödien wie »Er hatte zwei Pistolen, und seine Augen waren schwarz und weiß« bis »La signora é da buttare« (Die Frau zum Wegschmeißen, DE Volksbühne Berlin Ost 1968), die auch in der RAI, dem italienischen Staatsfernsehen, zu sehen sind. Besonders populär werden Fo/Rame mit ihren Auftritten in der (noch heute laufenden) unterhaltenden Schlagersendung »Canzonissima«, die sie unter Protest gegen Streichungen, Schnitte, Zensureingriffe und Prozesse schließlich aufgeben. Darauf folgen fünfzehn Jahre Fernseh-Auftrittsverbot. Die »Frau zum Wegschmeißen« – in dieser Komödie schaukelt Franca als ausgestopfte »Dame Amerika« über die Bühne – bleibt das letzte Stück dieser Epoche. Vor dem Hintergrund des Vietnamkrieges und der europäischen politischen Protestbewegung vollziehen Rame und Fo den Bruch mit dem bürgerlichen Theater, inhaltlich und organisatorisch. Es beginnt eine mehrjährige Phase des politischen Theaters mit Anklängen an Agitprop. Zu ihren Spielorten werden jetzt die »Casa del popolo«, im 19. Jahrhundert von den Sozialisten gegründet, mit dem historischen Sinnspruch: »Willst du einem Armen eine Wohltat tun, dann gib ihm fünf Heller, zwei Heller für Brot, drei Heller für Kultur.«

Pum Pum, Wer da? Die Polizei!

Herausragende Beispiele des Ende der sechziger Jahre von Fo/Rame gegründeten Theaterkollektivs »La Comune« und des damals von ihnen propagierten »eingreifenden« politischen Theaters sind das »Mistero buffo« und das Stück zum »Fall« Pinelli, »Zufälliger Tod eines Anarchisten« (1970), übrigens das erste Stück, das wir damals zusammen mit italienischen Genossen übersetzten.

Dazu kommen über ein Dutzend Stücke zu Zeitthemen: Chinas Kulturrevolution, Volkskrieg in Chile, die Rolle der sozialistischen/kommunistischen Partei Italiens, der von Militär, Geheimpolizei und regierenden Politikern geplante »colpo di stato«, Staatsstreich.

Franca Rames Aktionsradius erweitert sich in diesen Jahren, weg von der ungeliebten Rolle der Schauspielerin, hin zur Aktivistin und Unterstützerin der linken Bewegungen, Gruppen und Grüppchen. In diesen Jahren des politischen Aufbruchs reibt sie sich auf zwischen politischer Arbeit, Beruf und Privatleben. Das Kollektiv, das sich immer wieder auflöst und neu bildet, wird mit Zensurprozessen und Anzeigen überzogen, oft wird der Spielort vor der Aufführung wegen Bombendrohung durchsucht. Dazu ein jahrelanger Kampf um die »Palazzina Liberty«, eine eigene Spielstätte in Mailand.

Sie führt den Haushalt in Mailand, gründet das Archiv der Comune (und damit auch ihrer Arbeit), gibt politische Bücher heraus und erarbeitet Materialien für aktuelle Theaterstücke. Sie organisiert Solidaritätskampagnen für besetzte Fabriken und politische Gefangene, angefangen bei Valpreda. Sie unterstützt und finanziert (mit Hilfe der Abendkasse) die italienische »Rote Hilfe«, den »Soccorso rosso«. Franca Rame wird zu einer Leitfigur der linken Bewegung, gleichzeitig zur Zielscheibe der rechtskonservativen Presse, die keine Gelegenheit ausläßt, sie als »Terroristenliebchen« anzugreifen.

Im Frühjahr 1973 wird sie in Mailand auf offener Straße, beim Gang zum Frisör, von mehreren Männern in einen Laster gezerrt, mißhandelt und gefoltert und aus dem Wagen geworfen. Schnittverletzungen, Brandwunden an Gesicht und Oberkörper. Eine Vergewaltigung.

An einem Abend im Dezember 1992 in Forli erzählt Franca Rame auf der Bühne, wie ihr das politische Engagement wahrlich in die Wiege gelegt wurde (in »Siebtens, stiehl ein bißchen weniger, Nummer Zwo«), zu einer Zeit, als sozialistisch zu sein noch etwas bedeutete, wie sie sagt.

»Meine Leute waren Sozialisten, das hieß, sie hatten eine klare Entscheidung getroffen. Und ich habe immer an die Klassensolidarität geglaubt, an ein besseres Leben, und hab mich aufgemacht, mit dem Ziel, das zu erreichen. Anfangs habe ich Geld gesammelt, hab die Unità verkauft, bin in die Fabriken, um Sachspenden zu sammeln. Ich war Kommunistin – und heute weiß ich nicht mehr, was ich bin.«

Die Energie, mit der sich Franca bis heute engagiert, speist sich weniger aus einer abstrakten Idee oder Ideologie, sondern aus ihrem sozialen Mitgefühl, aus ihrer Solidarität für die Kleinen, die gehenkt werden, ihrem Mitgefühl für Schwächere, für Verfolgte. Immer wieder nutzt sie ihre Popularität, um Mißstände öffentlich zu machen, auf soziale Ungerechtigkeit hinzuweisen. Jahrelang stritt sie für Volksbegehren und Gesetzesinitiativen zu den Themen Abtreibung, Scheidung, Vergewaltigung, so wie sie heute für eine bessere Drogengesetzgebung streitet, damals wie heute versäumt sie keine Gelegenheit, auf die Situation in den Gefängnissen zu verweisen. 1988 beantwortet sie in einem Interview die Frage, wie ihr Interesse für die Sache der politischen Gefangenen entstand:

»Per Zufall. Wir waren gerade in der Fabrikhalle in Via Coletta, das war 1968, als eines Abends die Angiolina völlig aufgelöst ankam. Sie war Jacopos Kindermädchen. Sie weinte, weil ihr Sohn verhaftet worden war, wegen ›Störung einer Wahlkundgebung‹. Der Schmerz dieser Frau hat mich so bewegt, daß ich am Schluß der Vorstellung fragte, ob jemand aus dem Publikum zu konkreter Solidarität für die Verhafteten bereit sei. Da sind dreizehn Leute aufgestanden. Zwei Monate später waren wir schon zehntausend.«

Hat dein politisches Engagement deiner Karriere geschadet?

»Für mich ist das untrennbar miteinander verbunden. Ich bin so gemacht, und es ist mir egal, wenn dadurch ein paar Vorstellungen verhindert wurden.«[3]

1979 machte ihr Vermittlungsversuch im Fall Moro, mit dem Ziel, das Leben des Entführten zu retten, Schlagzeilen. Damals besuchte sie auf Veranlassung des Justizministers die führenden Mitglieder der »Roten Brigaden« im Turiner Hochsicherheitsknast. In der Folge wurde eine öffentliche Hetzkampagne gegen sie inszeniert. 1992 frage ich sie, wie sie heute zu ihrem politischen Engagement in den siebziger Jahren steht:

»Warum fragst du? Wenn ich heute noch einmal anfinge, würde ich vielleicht ein paar Fehler vermeiden. Nein. Nein, ich bereue nichts. Nicht einmal die Fehler. Ich wüßte nicht, was ich anders machen würde. Mein politisches Engagement ist sakrosankt, da laß ich nichts drauf kommen, so wie du deines verteidigst. Schade, daß es so schlecht ausgegangen ist. Wir wollten die Revolution! Zuerst mit der kommunistischen Partei, dann mit der außerparlamentarischen Linken. Mittlerweile befürchte ich, ausgerechnet die Justiz hat die Revolution gemacht. Die Staatsanwälte mit ihren massenhaften Ermittlungsverfahren gegen Leute, die sich am Volk mästen, diesen ganzen Sumpf öffentlich sichtbar gemacht haben ... als ob Italien ein lateinamerikanischer Staat wäre! «

Nur Kinder, Küche, Kirche

Ende der siebziger Jahre erscheint Franca Rame zum ersten Mal auch offiziell als Co-Autorin von Dario Fo, mit einer Reihe monologischer Theatertexte für eine Schauspielerin, die unter dem Obertitel »Wir reden von Frauen« bis heute, bis zu dem in diesem Band vorliegenden Einakter, fortgeschrieben werden.

Die Szenen »Nur Kinder, Küche, Kirche« (meine erste Übersetzung erschien 1979 bei Rotbuch) sind zu einem Klassiker des Frauentheaters geworden. Im deutschen Sprachraum sind sie seitdem über hundert Mal inszeniert worden. Franca Rame hat diese komischen und tragischen Frauenmonologe bis Mitte der achtziger Jahre mehr als tausend Mal im In- und Ausland gespielt, ist mit ihnen über die Grenzen Italiens bekannt geworden.

Einen Text dieser Reihe verfaßt sie alleine, »Lo stupro«, das ist »Die Vergewaltigung«. Was sie zuerst

1978 als anonymes Zeugnis einer Frau in einer Zeitung der italienischen Frauenbewegung veröffentlicht (Titel: »Ich rühre mich nicht, schreie nicht, habe keine Stimme«), ist die Verarbeitung eigener Biographie. Mit der Aufführung dieses Stücks in Adriano Celentanos populärer Lotterie-Show ›Fantastico‹ erreicht sie 1987 dreizehn Millionen Zuschauer und löst heftige Polemiken bis in die Zentren der politischen Macht aus.

Der erste Entwurf von »Nur Kinder, Küche, Kirche« entstand, jedenfalls behauptet Franca Rame das, an einem Nachmittag im Jahr 1977.

»Damals wurde alles versammelt, was in der Frauenbewegung gärte, also die wichtigsten Themen, die in dem Jahrzehnt von 68 bis 77 aufgetaucht waren. Also Inhalte wie Abtreibung, Schwangerschaft, Wunschkind, die alleinstehende Frau, die doppelte Ausbeutung der Hausfrau, die Pille, Gewalt und so weiter. Nach dieser ersten Fassung ist der Text immer wieder auf den Punkt gebracht worden, durch den andauernden Austausch mit dem Publikum. Beinah, als habe er ein Eigenleben, als sei er ein lebendiger Organismus. Mit der Zeit sind weitere Monologe hinzugefügt worden, im Zusammenhang mit all den Erfahrungen, die ich in vielen Jahren politischer Arbeit gemacht habe, also auch, was meine Einmischung in die Knastsituation betrifft.«[4]

Mit diesen Stücken gewinnt Franca Rame ein Stück Distanz von dem Schauspieler Dario Fo, ihrem Ehemann. Bis zum Jahr 1977 tritt sie stets zusammen mit ihm auf, nun macht sie sich selbständig. Warum?

»Das muß man von '68 her sehen. Was passiert war: Wir hatten die traditionellen Spielorte aufgegeben. Ich war weiter die Schauspielerin – und zusätzlich alles übrige. Ich kümmerte mich um die Organisation, verkaufte die Eintrittskarten, machte Ordnungsdienst – und zu Hause hatte ich von wegen »revolutionärer Moral« keine Putzfrau. Rein zufällig hab ich mich noch mit diesen zehntausend Gefangenen befaßt. So war das damals eben: zuerst kam die Politik. Gab es im jeweiligen Stück eine gute Rolle für eine Schauspielerin, okay, und wenn nicht, »was zählt, ist doch allein der politische Diskurs. Was soll der Blödsinn?« Ich wagte noch nicht mal, zu fragen! Aber ich war tierisch sauer. Dann hab ich nachgedacht und mir gesagt: Das Schauspielern macht mich nicht heiß, und diese ewige Schminkerei stinkt mir sowieso, es gibt da einen Haufen andere Arbeit – mach ich eben die. Ich rief das Kollektiv zusammen, um das zu verkünden. Allgemeines Entsetzen. Aber Dario sagte: »Franca hat recht.« Acht Tage später kam er an und übergab mir den ersten Entwurf von »Nur Kinder, Küche, Kirche«: »Das ist für dich ... es sei denn, du willst tatsächlich den Beruf an den Nagel hängen...«[5]

Mein politisches Engagement ist mir heilig!

Forli, im Dezember 1992. Die »Compagnia teatrale Franca Rame« hat alle Interessierten im In- und Ausland, also auch Übersetzer und Agenten, zu einem zweitägigen Colloquium eingeladen, das in

Zusammenarbeit mit der Universität Bologna und verschiedenen Forschungsinstituten stattfindet. Titel: »Das Theater von Franca Rame und Dario Fo«. Alle Interessierten, das sind Theaterwissenschaftler, Kritiker, Journalisten, Studenten.

Im Mittelpunkt eine Ausstellung mit Kostümentwürfen, Marionetten, Bühnenbildern von Dario Fo, öffentliche Diskussionsveranstaltungen, dazu je zwei Aufführungen der neuesten Stücke, von ihr und von ihm. Am ersten Abend gastiert Dario Fo mit »Johan vom Po entdeckt Amerika« (Johan vom Po, das heißt Johan aus der Poebene) in Forli, zur selben Zeit spielt Franca im vierzig Kilometer entfernten Cesenatico »Siebtens, stiehl ein bißchen weniger, Nummer Zwo«. Am nächsten Tag kommt sie mit dem Stück nach Forli ins Theater ASTRA.

Erster Applaus, als sie im grauen Straßenkostüm auf der Bühne erscheint. Dann beginnt sie mit schlafwandlerischer Sicherheit und Routine, den Kontakt zum Publikum herzustellen. Locker und mühelos weiht sie die Zuschauer im Parkett in ein scheinbar ganz privates Problem ein:

»In diesem Jahr wollte ich eigentlich die Arbeit hinschmeißen. Glaubt mir – ich hab es satt. Aus tausendundeinem Grund, ich hab noch soviel zu erledigen, das kann ja passieren. Und außerdem – ich stamme aus einer Familie von Schauspielern, bin zum ersten Mal im Alter von achtzehn Tagen im Theater aufgetreten, als Säugling, im Arm meiner Mutter – und seitdem stehe ich bis heute jeden Abend um diese Zeit auf einer Bühne, in irgendeinem Ort auf der Welt, und rezitiere, erzähle, fabuliere. Und das seit dreiundsechzig Jahren! Das muß man sich einmal vorstellen! Ich hab die Nase voll!«

(Großer, langanhaltender Applaus)

»Danke. Was hat mich bewogen, zurückzukehren, diese Saison noch einmal zu spielen? Die Wut. Eine Riesenwut, sie hat mich gepackt, als ich die Zeitung mit den neuesten politischen Nachrichten gelesen hatte ... und die Möglichkeit, darüber mit Euch, mit dem Publikum zu reden!«

Am Abend vor der zweiten Aufführung in Forli – Dario Fo gastiert an diesem Tag schon wieder woanders – bleibt Zeit für ein Interview mit Franca Rame in der Garderobe, während sie sich schminkt und auf die Abendvorstellung vorbereitet. Meine erste Frage: Stimmt es, daß du die Nase voll hast, daß du nicht mehr spielen wolltest?

»Das meine ich ernst. Ich muß diese Arbeit zu teuer bezahlen. Ich habe mir diesen Beruf ja nicht ausgesucht, und als ich entdeckte, er befriedigt mich nicht – da war es zu spät. Hätte ich nicht im Theater die Möglichkeit, mit den Leuten zu reden, Diskussionen zu führen, über die Ideen, an die ich glaube – dann hätte ich längst aufgesteckt und vielleicht ein Strumpfgeschäft aufgemacht.

Letztes Jahr hab ich gesagt: Schluß, ich hör auf mit dem Theater. Dieses Jahr hat mich Dario noch einmal überzeugt, ich hab wieder angefangen. Es ist so schwierig, ich bin es leid, andauernd kämpfen zu müssen. Letztes Jahr haben sie mir zwei Gastspiele platzen lassen, in Bozen und Rovereto – weil ich es war.«

FRAGE: Wegen deiner politischen Vergangenheit?

»Du sagst es. Wegen meinem Namen, meiner Geschichte, meiner Kämpfe. Wir waren noch am Proben, keiner wußte, was für ein Stück aufgeführt wird, keiner kannte den Inhalt. Außerdem, die ›Heroine‹ ist ein ungemein moralischer Text, ein Antidrogenstück, und ›Dick ist schön‹ handelt von der Familie. Und diese Pfaffen haben meine Aufführung verboten. Die Säle waren von der Kirche. Während Gastspiele anderer Gruppen mit ziemlich heiklen Themen, nicht politisch, sondern in bezug auf Sexualität – nicht verboten wurden. Also, ich steh hinter meinen Themen, aber diesen jahrzehntelangen Kampf, ich hab ihn satt.«

FRAGE: Gestern Nacht gegen eins hörte ich, wie sich zwei Männer unter den Kolonnaden über die Aufführung unterhielten. Einer rief begeistert aus: Die Rame war Spitze! Und dann sagst du, du magst deinen Beruf nicht. Als ich das 1983/84 zum ersten Mal von dir hörte, hab ich es nicht geglaubt.

»Ich hab mein Leben lang gearbeitet, zum ersten Mal Ferien am Meer gemacht, nachdem mein Sohn da war. Diese Arbeit hab ich auch aus folgendem Grund satt: Man muß dauernd präsent sein, ich muß mich sehen lassen – und das ist nicht mein Charakter.

Ich brauch keine Fototermine, ich sag immer, ja, gern, aber leider ist meine Mamma krank, ich kann nicht. Wieviel Termine hab ich platzen lassen – weil ich diesen Beruf einfach nicht mag.

Versteh mich richtig, es mag lächerlich klingen, aber, wäre ich nicht in dieser Familie geboren worden, dann hätte ich vielleicht was Soziales gemacht oder Psychologie studiert. Denn ich hab die Fähigkeit, auf andere einzugehen, sie zu verstehen. Oder eine Situation zu beurteilen, in der du steckst, und dir eine Antwort zu geben, die dir weiterhilft. Mit wieviel Leuten ich geredet habe!

Einen schwulen Jungen werd ich nie vergessen, der wußte nicht, daß er schwul war, sechzehn Jahre, er kam zu mir, in der Palazzina, und erzählte mir, was für Probleme er mit seinem Vater, mit der Familie hat ... bis ich den Mut fand, ihm zu sagen: Weißt du, es kommt mir so vor, ich kann mich ja irren, aber dir ist nicht klar, daß du schwul bist. Drei Jahre später sah ich ihn wieder, da sagte er, ich muß dir danken, vielleicht wär ich ja selber drauf gekommen, aber ... Das meine ich damit!«

»Ich will mich ja nicht loben, aber ich weiß noch, als ich damals mit siebzehn diesen Pflegekurs machte; ich war wirklich ein kleines Mädchen, so wie heute ein Mädchen mit dreizehn ... da war im Krankenhaus gerade ein Kind eingeliefert worden. Dieses Kind, es wollte nicht essen, wollte nicht reden, weinte auch nicht, hockte da in einer Ecke, wie ein kleines, verzweifeltes Tier. Und alle versuchten, die Ärzte, die Erwachsenen, die Stationsschwester, es aus seinem Schock, aus seiner Erstarrung herauszuholen – ohne Erfolg. Und ich habs geschafft, hab angefangen, von seiner Mamma zu reden, bis es anfing zu weinen und zu sich kam. Vielleicht wäre ich eine gute Kinderärztin geworden ... Jedenfalls, ich brauche etwas, das mich fordert, ich mach diesen Beruf, weil ich den Leuten erzählen kann, daß unsere Politiker Diebe, Gauner sind, oder wie im letzten Jahr über die Situation der Frauen oder über Heroin reden kann.«

»Mein Stück bedeutet mir viel, weil ich darin alles aussprechen kann, was ich seit Jahren mit mir rumtrage. Das begreift das Publikum, denn im Saal herrscht, während ich spiele, eine unerhörte Aufmerksamkeit, die mich sehr bewegt. Das Publikum weiß, daß ich Situationen darstelle, die zum täglichen Drama vieler Familien gehören. Das Publikum weiß, es ist die Wahrheit, was zum Schluß gesagt wird, daß nach den großen Kämpfen, nach der Mobilisierung für die Scheidung, die Abtreibung oder für das Gesetz zur Gewalt gegen Frauen, die Frauen im alltäglichen Leben die größten Feinde der Frauen sind.«

(Franca Rame 1991 zu »La donna grassa«)

Den Satz, daß sie keine Lust mehr hat weiterzumachen, wiederholt sie in der Abendvorstellung mehrfach, einmal mit der Begründung:

»Ich fühle mich unwohl, ich finde mich nicht mehr zurecht. Dieser Egoismus, in einer Gesellschaft, deren Werte verlottert sind ... Es gibt keine Anteilnahme mehr, kein Mitgefühl, keine Solidarität.«

Erstaunlich, wie sie immer wieder versucht, ihr Publikum aus der Lethargie aufzurütteln. Mir scheint, sie will von den anderen, vor allem von ihrem Publikum einklagen, was sie selber im Lauf ihres Lebens an politischer und sozialer Anteilnahme aufgebracht hat. In dieser Hinsicht ist sie eine wahre Weltverbesserin. Was ein Kritiker in den fünfziger Jahren über Dario Fo schrieb, trifft genau so auf Franca Rame zu:

»Wenn Dario Fo nicht eine ordentliche Portion Verrücktheit besäße, dann wäre er ein Prediger, ein Moralist. Zu seinem und unserem Glück predigt er aber im Gewand des Hanswurst.«[6]

Eine Diva ohne Starallüren?

Ungeschminkt erscheint ihr Gesicht klein, beinah alterslos, mädchenhaft. Sie trägt häufig, auch auf der Bühne, überdimensionale Brillen, wegen eines Augenfehlers, den sie in jungen Jahren gern hinter Sonnenbrillen verbarg. Weißblond gefärbte Haare, seit sie denken kann. Groß und schlank, wie sie ist, zeigt sie auf der Bühne mit ihren dreiundsechzig Jahren immer noch Busen und Beine. Elegant-nachlässig gekleidet, traut man ihr jederzeit zu, eine Rede zu halten – ohne daß ihr die Hemmung anzumerken wäre – oder ihr neues Stück im Knast aufzuführen. Zu Hause kocht sie ausführlich, oft zusammen mit ihrem Mann. Sie repräsentiert ungern, liebt den Rummel nicht, wimmelt Journalisten nach Möglichkeit ab. Wichtiger ist ihr das Gespräch mit Zuschauern und Freunden, manchmal kommen ganze Familien, in der Pause zwischen dem ersten und dem zweiten Akt und nach der Aufführung. In ihrer Garderobe herrscht ein ständiges Kommen und Gehen und Telefonklingeln (das neue schnurlose Telefon).

Bei der Mailänder Premiere von »Der Papst und die Hexe« (1990) schickt der Oberbürgermeister ihr rote Rosen, die PSI rote Nelken, beide Gebinde mit rot-weißer Schleife, den Mailänder Farben; dazu der überdimensionale Blumenkorb eines Mailänder Kollegen; und glitzernde Pralinenschachteln. Sie mustert alles kurz, um es wegzuschieben. Das Ensemble bekommt bescheidenere Gestecke: Orchideen in runden Tonbehältern. Als ich die drei Meter Blumenpracht vor ihrer Garderobe bewundere, erklärt Franca mir: Wir sind in Mailand, verstehst du? Und dann: Ich komme mir vor wie auf dem Friedhof.

»Wenn ich Repertoire spielen müßte, wie andere Schauspielerinnen – ich wäre gestorben, wär längst ausgestiegen, hätte Schluß gemacht. Vielleicht liegt es daran, daß ich schon mit zwölf, dreizehn Jahren ›Romeo und Julia‹ gespielt habe. Ich war immer die Hauptdarstellerin. Aber egal, ob jung oder älter – ich hab mich nie um eine bestimmte Rolle gerissen, wie andere, die kriegen einen Orgasmus: ›Eine Bombenrolle!‹ Ich nie.«

(Aus meinem Interview vom 15.12.92 in Forli)

Franca Rame liebt den Starrummel nicht, wie gesagt. Trotzdem gehört sie dazu. Manchmal bringt eine Illustrierte einen Bildbericht über »die Rame«. Auch in dem Band »innamorarsi« gehörte sie dazu. In diesem Buch hat eine bekannte Fernsehmoderatorin Interviews mit »den Ehefrauen« berühmter Männer versammelt. (Parlano le moglie, 1990) Hier findet sich Franca Rame zwischen Anna Craxi, die von ihrem Leben mit Bettino, dem sozialistischen Parteivorsitzenden, erzählt, zwischen Claudia Mori und Adriano Celentano, dem angeblich schönsten Paar der Welt, und Laura, der Frau vom Fußballstar Rivera. Wie Antonia, die Frau in der

»Offenen Zweierbeziehung« (deutsch 1985 erschienen), macht sie ihr Privatleben öffentlich (ganz im Gegensatz zu ihrem Mann), plaudert freimütig über die Anfänge ihrer lebenslangen Beziehung mit Dario Fo bis hin zu den bitteren Erfahrungen der achtziger Jahre.

Zum Teufel, ich bin Wer!

Anfang der achtziger Jahre begann die große Krise bei »dem Paar, das nicht rostet« (il manifesto, 1990). Franca war Anfang fünfzig, Dario »vergnügte sich außer Haus«, wie sie es ausdrückt. Damals zeigte sie mir Illustriertenberichte, die ihn mit einer »ständigen Begleiterin« zeigten. Ich glaube, es war im Jahr 87, daß sie die Initiative ergriff. Während eines Fernsehinterviews sagte sie plötzlich, sie wolle sich von ihrem Mann trennen, sich scheiden lassen. Tags drauf ging die Nachricht um die Welt, wobei sie auch ihren Empfänger erreichte.

»Raffaella Carrà stellte Fragen nach meiner Ehe, da hielt ich es nicht mehr aus. So, wie ich mich fühlte, konnte ich nicht die stereotype Antwort geben. Ich sagte die Wahrheit. Aber daß das so einen Aufruhr geben würde, hätte ich nie gedacht. Ich hielt mich nicht für so wichtig. Danach sagte ich mir: Zum Teufel, ich bin Wer!

Was passiert war? Das, was allen Paaren, die siebenunddreißig Jahre zusammen sind, passiert. Plötzlich, ohne daß du es merkst, ist es soweit, die Geschichte mit dem Sex ist vorbei. Es bleibt eine

Verbundenheit, eine gegenseitige Achtung, aber jeder geht eigene Wege. Ich sagte mir, er wird seine Geschichten haben, wie das auch mir passieren könnte. Aber wann ist der Punkt erreicht, daß dieses unausgesprochene Einverständnis zerbricht? Wenn dich einiges an den Verhaltensweisen deines Mannes verletzt … es ist, als ob du einen Mangel an Achtung verspürst, vielleicht nur, weil du zu unreif bist oder nicht die unerläßliche Distanz besitzt, um darüber hinwegsehen zu können … « (Marie-Claire, 1988)

In den siebziger Jahren hing in der Mailänder Wohnung ein Schild mit der Überschrift: »Francas Demütigungen«. Später sprach sie oft über ihre Probleme mit der Rolle als Ehefrau eines berühmten Mannes.

»Dario ist nicht besitzergreifend. Daß bei der Regie mein Name nicht erscheint, liegt nicht an ihm, sondern an mir. Ich hab das nie verlangt. Da ist auch meine Mutter dran schuld. Sie hat mir beigebracht, eine Ehefrau hat ihrem Mann zu folgen. Das ist schwierig, auch weil die Leute manchmal sehr grob sind. Sie bringen nicht genug Aufmerksamkeit und Sensibilität auf, um zu begreifen, daß ein Ehepaar aus zwei Personen besteht. Wie in dem Witz, wo ein Mann den anderen fragt: ›Bitte, haben Sie zwei Personen gesehen?‹ ›Nein, nur einen Mann mit seiner Frau.‹ Als Hausfrau hast du es einfacher. Sie werden sagen: ›Sie macht hervorragende Tortellinis.‹ Aber wenn du mit deinem Ehemann zusammenarbeitest … dann mußt du dir deine Identität mit den Fingernägeln krallen!«

Franca versteht es, ihre Popularität zu nutzen. Dabei begeht sie auch eine Regelverletzung, wie ihr Schritt in die Fernsehöffentlichkeit in eigener Sache beweist. Zu jedem politischen Skandal wird eine Stellungnahme von ihr eingeholt. Momentan erscheint in »Venerdi«, der Wochenendbeilage der »Repubblica«, eine Satirekolumne mit dem unübersetzbaren Titel »Che male vi Fo«. Das Foto zeigt einen breit lachenden Dario Fo, dem die lächelnde Franca den Musenkuß auf die Stirn gibt. Inhalt der Satire: italienische Innenpolitik, als Zirkus beschrieben, in dem Schmierenschauspieler den Ton angeben ... Seiltänzer, die salti mortali versuchen. Ob hier neue Pointen für die nächste Abendvorstellung Francas vorgestellt werden, oder ob in der Kolumne aus dem neuen Stück zitiert wird, ist schwer zu sagen.

Als Kuriosum am Rande sei vermerkt, daß die italienischen Astrologen korrekt über die Paarkonstellation berichten, das heißt die Sterne befragen:

»Franca ist liebenswert, ein zärtlicher Krebs, aber auch kühn und kreativ. Alles in allem eine gute Ehe: daß es Turbulenzen gab, mag an Dario, dem unberechenbaren Widder liegen, mit seiner Unruhe, seiner Leidenschaft. Ihm fällt es schwer, sich auf eine monogame Ehe ›einzuschränken‹. Aber das Paar überwindet die Gegensätze, dank Venus – Jupiter im Zwilling bei ihr, die sich verbinden mit Venus – Jupiter im Wassermann bei ihm.« (aus: ASTRA, 1991)

Die Fundamente der spezifischen Art, komisches Theater in der zweiten Hälfte des 20. Jahrhunderts zu schreiben, zu spielen, unter dem Markenzeichen Dario Fo bekannt, sind zum großen Teil von Franca Rame gebaut worden. »Neben Lecoq war die große Schule Dario Fos anfangs das Studium der ›canevas‹ (Szenarien) des Wandertheaters im 19. Jahrhundert. Diese Erfahrung vermittelte ihm Franca Rame«, schreibt Chiara Valentini in der Theaterenzyklopädie (Feltrinelli).

»Aus den Texten der Familie Rame für Schauspieler und Marionetten hat Fo sein erstes großes, erfolgreiches Stück komponiert.«

Als weitere Mitgift möchte ich die »Vorrede« und die Technik der »Improvisation« bezeichnen. Die Vorrede dient der Einstimmung des Publikums auf das eigentliche Stück, als Improvisation wird die Adhoc-Einführung neuer Passagen während des Spiels, auf der Basis der »canevas«, bezeichnet. Mit dieser Technik ist Franca großgeworden, beide beherrschen sie souverän, nutzen sie jedoch unterschiedlich. (Diese Passagen sind meist nicht in den Übersetzungen festgehalten, da sie auch in der Vorlage fehlen.)

Ein Beispiel aus Forli. Franca Rame erzählt auf der Bühne, wie sie ihren Eltern vorwirft, sie früher als »Unfall« bezeichnet zu haben. Ihre Mutter, sehr spät für die damalige Zeit (mit 38 Jahren), habe noch einen »Nachzügler« bekommen, nach neun Jahren, nämlich sie, Franca. »Das ist autobiographisch?« fragte ich sie am nächsten Tag:

»Das hab ich gestern zum ersten Mal eingebaut, plötzlich. Wenn Erwachsene dir so etwas erzählen – das ist schlimm für ein Kind. Ich hab es meiner Mutter nicht mal vorgeworfen. Außerdem – sie haben mir die Kassette mit der Aufnahme von gestern weggenommen. Ich weiß gar nicht mehr genau, was ich gesagt hab, wie ich das heute abend wiederholen soll!« Aus beiden Elementen hat sie im Lauf der Jahre, seit sie alleine mit den Frauenmonologen auftritt, eine Art Entertainment entwickelt, eine raffinierte Art zu schwatzen und zu schwätzen, mit der sie sich scheinbar an jede einzelne, jeden einzelnen wendet – was ja auch ihre Absicht ist. Die komödiantischen Mittel, die sie einsetzt, heben sich deutlich von der von Dario Fo entwickelten Gestik und Sprechweise ab, auch wenn sie, wie er, zwischen Groteske, Komik und dramatischer Tragik pendelt. Vor allem im Ausland erhielt sie hymnische Kritik.

»Nach Dario Fo aufzutreten ist nicht einfach! sagt eine Frau, die ihn gut kennt: seine Ehefrau, die Schauspielerin Franca Rame. Am Ende ihrer Aufführung von ›Nur Kinder, Küche, Kirche‹ hat die Rame ein hingerissenes Publikum noch wehrloser gemacht, als sie sagte, es sei fürchterlich, nach Dario Fo zu spielen, auch deshalb, weil ihn alle Kritiker anbeten.« (Glasgow Herald, 1984)

»Sie ist schon eine beeindruckende Persönlichkeit. Groß, schlank und blond, ganz in schwarz, hat die Rame ganz die Ausstrahlung eines Hollywoodstars. Leuten, die sie nie kennenlernen konnten, würde ich sie als Mischung aus Monroe, Magnani und Mercouri beschreiben. Aber noch stärker fasziniert sie als Person auf der Bühne...« (La Presse, Montreal 24. 5. 83)

Entscheidende inhaltliche Veränderungen der Fo'schen Thematik und der Stücke gehen auf sie zurück. In den vergangenen fünfzehn Jahren wurde zunehmend die Rolle der Frau und der Schauspielerin thematisiert, nicht nur mit den Frauenmonologen, sondern auch mit »Rein zufällig eine Frau: Elisabeth« bis hin zum »Raub der Francesca«, der einzigen Komödie Fos mit nur einer, nämlich einer weiblichen Hauptrolle, und den 1985 entstandenen Harlekinszenen.

Viele der gemeinsam verfaßten Texte sind eng mit persönlichen Erfahrungen verknüpft. Manchmal passiert es mir, daß ich bei Sätzen von Franca Rame nicht mehr weiß, ob ich sie zuerst auf der Bühne oder im privaten Gespräch hörte, ob sie aus dem privaten Zitatenschatz ins Stück übernommen wurden oder umgekehrt. Sie sind in beiden Situationen authentisch.

Fabulazzo

Ja, sie will unbedingt ihre Biographie schreiben. Aber wann? »Das werden vier Bände!« Und der Versuch, einer befreundeten Journalistin ihr Leben zu erzählen und daraus ein Buch zusammenzustellen, ist gerade gescheitert. Zusammen mit dem Verleger, der sie drängte, ihr Leben aufzuschreiben, hat sie statt dessen in monatelanger Arbeit einen voluminösen Band mit Artikeln und Interviews Dario Fos aus den sechziger Jahren bis heute herausgegeben: FABULAZZO (1993). Stolz werden die Fundstücke aus den überquellenden Archivzimmern der Viale Piave präsentiert. Das Archiv hat Franca angelegt. Für den Band hat Franca ein seitenlanges Vorwort verfaßt, in dem sie scheinbar planlos vor sich hinplaudert. Dabei erzählt sie mehr über sich, über ihre Ideen, als über Dario, geschweige denn, daß sie auf den Inhalt des Wälzers einginge. So ist Franca. Gleich im einleitenden Satz wird das Prinzip sichtbar.

»Hier bin ich wieder, die Feder in der Hand (gut gesagt, weil ich am Computer sitze), um mich Dario zu widmen, Zuname Fo.

Dario Fo, der nicht nur Maler, Schriftsteller, Regisseur, Schauspieler ist, ein Individuum voller Humor, großzügig, und natürlich auch voller Egoismus wie alle, bescheiden wie kaum einer, phantasievoll, zerstreut wie kein anderer, und immer einen halben Meter hoch über dem Erdboden, so daß ich manchmal gezwungen bin, ihn an der Jacke, vielmehr am Pullover zu ziehen, eigentlich schade ... er ist nicht nur all dies und was weiß ich sonst noch, er ist auch mein Mann.«

Ein paar Seiten später schildert sie sich selbst in der eigenen Mischung aus Selbstironie und Selbstanklage als »typische Ehefrau«, die, statt an die eigene Karriere zu denken, die Karriere des Mannes befördert, zitiert die entsprechende Passage aus »Dick ist schön!« samt dem Applaus der Frauen im Parkett. »Sogar für den Nobelpreis vorgeschlagen«, ruft sie aus, wie in der »Offenen Zweierbeziehung«. Und fährt fort: »Wußtet ihr, daß Dario für den Nobelpreis vorgeschlagen wurde? Das sage ich jetzt zu euch, auf der Bühne hab ich das nicht erzählt!«

Ihr Fazit: Yes, ich, Franca, die letzte weiße Sklavin.

Vielleicht schreibe ich es nie...

Ihr Kopf und die Schubladen stecken voller Entwürfe für neue Szenen, das Leben sei zu kurz, um sie alle aufzuschreiben, meint sie. Eine erzählt sie mir; zum Thema zwischenmenschliche Beziehungen.

»Es geht um die Beziehungen einer Frau zu den anderen. Sie ist zu Hause, lebt allein, kann nicht schlafen, hat ihr Zeitgefühl verloren, steht morgens um fünf auf. Sie glaubt, jemand hat sie verwünscht, ihr einen Zauber angetan, deshalb befragt sie das Orakel, mit Wasser und Öl und so weiter, wie das viele Frauen hier machen, nach dem Buch. Dann kommen Anrufe, aber immer wird aufgelegt, solange, bis die Frau durchdreht. Dann zieht sie die Jalousie hoch, die Sonne scheint, aber hinter der Jalousie ist eine Mauer. Und solange es ihr nicht gelingt, alles hervorzuholen, was sie in ihrem Leben an Schlechtem erlebt und getan hat, bleibt die Mauer, erst wenn sie sich von allem Negativen befreit, bekommt sie nach und nach richtige Wände. Dann gibt es eine Leuchttafel, die die Gedanken dieser Frau projiziert. – Ich erzähle jetzt sehr verkürzt. Hab viel daran gearbeitet, aber vielleicht schreib ich es nie. Dauernd notiere ich am Computer Ideen.

Und der Schluß, sie ist beim Therapeut, aber

nicht real, man hört nur seine Stimme, die in Wirklichkeit ihre eigene ist – zum Schluß sagt sie, ich mache allen den Prozeß, ich zeige meine Kinder an, meinen Vater, der mich mißbraucht hat, als Kind hab ich nicht kapiert, daß mir mein Vater Böses antun könnte... und meine Mutter, die Geschwister, die Verwandten. Und am Schluß sagt sie NEIN, ICH bin diejenige, die angeklagt werden muß. Denn wenn sie mir all das angetan haben, dann heißt das auch, ich habe es zugelassen. Also muß ich vor Gericht. – Ein wichtiges Thema, finde ich, denn nicht immer sind die anderen die Bösen, manchmal machen wir selbst vieles falsch, oder?«

Frankfurt 1993

Anmerkungen

1 Interview Walter Valeri, in *Sipario* 11/1992
2 Interview R. C-H 1993 und Interview Marta Flavi 1990
3 Interview von Rosella Simone, in *Marie-Claire* 1988
4 Interview Walter Valeri, a. a. O.
5 Interview Rosella Simone, a. a. O.
6 Ghigo de Chiara in *Sipario*, 1959

Fo für alle

Mamma hat den besten Shit **Rotbuch TB 7**

Bezahlt wird nicht! **Rotbuch TB 18**

Ruhe! Wir stürzen ab **Rotbuch TB 57**

Er hatte zwei Pistolen und seine Augen waren schwarz und weiß **Rotbuch TB 331**

Geschichte einer Tigerin **Rotbuch TB 1010**

Hohn der Angst **Rotbuch TB 1028**

Einer für alle, alle für einen! Verzeihung, wer ist hier eigentlich der Boß? **Rotbuch TB 1085**

Zufälliger Tod eines Anarchisten **Rotbuch TB 1086**

Elisabetta **Rotbuch TB 1087**

Isabella, drei Karavellen und ein Scharlatan **Rotbuch TB 1088**

Dario Fo / Franca Rame
Nur Kinder, Küche, Kirche **Rotbuch TB 6**

Dario Fo / Franca Rame
Offene Zweierbeziehung / Eine Mutter / Die Vergewaltigung **Rotbuch TB 29**

Dario Fo / Franca Rame
Ein Tag wie jeder andere **Rotbuch TB 1083**

Dario Fo / Franca Rame
Die dicke Frau / Die Heroine – Mater Toxicorum **Rotbuch TB 1084**

Kroetz für alle

Der Drang
Neue Stücke 1
Der Drang · Ich bin das Volk · Bauerntheater
Rotbuch TB 1032

Heimarbeit
Stücke 2
Heimarbeit · Stallerhof · Geisterbahn · Kapellenspiel von der heiligen Jungfrau · Michis Blut
Rotbuch TB 1055

Maria Magdalena
Stücke 1
Maria Magdalena · Der Soldat · Oberösterreich · Wunschkonzert
Rotbuch TB 1031

Furcht und Hoffnung in Deutschland
Stücke 3
Furcht und Hoffnung in Deutschland · Nicht Fisch nicht Fleisch · Der Spitzel
Rotbuch TB 1066

Woyzeck
Die Kroetz'sche Fassung
Rotbuch TB 1056